亦舒作品

印度墨

亦舒

- 作品 -

26

CNS
湖南文艺出版社
HUNAN LITERATURE AND ART PUBLISHING HOUSE
博集天卷
CS-BOOKY

印度墨

目录

印度墨

壹・

像人生路一样，见招拆招，
见一步走一步，不知走往何处。

陈裕进回到祖父母身边的唯一原因是学中文。

十岁到旧金山居住的他只谙粤语，也会一两句普通话，像“你好吗”“谢谢”“豆沙汤圆真好吃”……

那怎么够应用？趁暑假，母亲对他说：“回去学四个月中文，回来时要会写会读。”

二十一岁的裕进已经约了朋友去大峡谷观光，一听，皱上眉头。

“妈妈，钻研中文是一辈子的学问，不急在一时。”

陈太太似笑非笑，精明的双目看到裕进心里去：“知子莫若母，你休想瞒我，爷爷在等你，不由你不去。”

裕进把手臂搭在母亲肩上：“待我去完品塔贡尼亚

冰川[1]再说。”

“冰川你的头。”

“今年夏季欧洲有日全食，我不去亚洲。”

陈太太一摇身子，摔甩儿子的手。

裕进气馁：“好好好，我去，学不会不回家。”

陈太太凝视这个年轻人，真难以想象已经大学毕业长得足六英尺高，浓眉大眼，笑容可爱。唯一缺点，或者说优点也好，是太过会得享受生活，始终不觉得学业或事业是生活全部。

与他姐姐裕逵不同，裕逵一早进了名校，现正修硕士。

陈太太感喟说：“我小时候，父母习惯从来不碰触子女四肢，不像你们，动辄拥抱亲吻。”

裕进把脸贴到母亲身边：“那多可怜。”

“你们这一代确实不一样了。”

小小裕进最爱让抱，宛如昨日，三两岁的他一点儿小事就号啕痛哭，非要妈妈抱着哄不可。

有一首儿歌，他常常唱，叫“弹跳弹跳宝宝我，在妈

---

[1] 品塔贡尼亚冰川：又译为巴塔哥尼亚冰川（Patagonia Glacier），位于南美大陆南端，是世界第三大冰原。

妈膝上蹦跳”，岁月如流，今日已经成年。

他抓起篮球：“我去找袁松茂。”

袁松茂是他好同学，来自香港，毕了业，打算收拾行李返家。

裕进同他打听：“听说，香港的女孩子最骄傲。”

袁松茂笑：“最美，当然最冷。”

“也有人说，已经不像以前那样标致了。”

袁松茂不以为然：“吃不到葡萄的人自然都那样酸溜溜：呵，花不再香月不再圆，还有，时势不再好。”

“依你看，怎么样？”

“仍然大有可为，回去，住我家，我带你到处逛。”

裕进说：“我对城市生活不太感兴趣，我一向喜欢大自然。”

“这个城市完全不一样。”

“你说得它好似一个女子。”

“保证你不会失望。”

袁松茂父亲在都会经营广告公司，十分有脑筋，兼做数码摄影，搞计算机特技，非常吃得开，虽然也受经济低潮影响，但安然无恙。

年轻人说走就走，手提行李一件，就上了飞机。

旁边坐两个混血女孩，袁松茂起劲攀谈，裕进则呼呼大睡。

醒过一两次，还未到，裕进诉苦：“最怕乘长途，唇焦舌燥。”

松茂答：“行政人员每月起码飞三五次。”

“我才不要穿西装挽着手提电脑跑天下做信差。”

“你这样疲懒想做什么？”

“租两亩地种草莓，闲时在果树荫下写诗。”

松茂没好气：“也许有入世未深崇尚浪漫的女孩会跟你去。”

裕进用外套遮着头再睡。

这次很快到了，睁两眼，见松茂正与混血女孩交换电话地址。

一出来就看见爷爷亲自来接他，抬着头，一脸盼望。

年轻的裕进鼻子发酸，不论学不学得到中文，都应当回来。

他一个箭步上去紧紧搂住祖父。

老先生眉开眼笑：“裕进你又长高了。”

裕进一眼看到祖父缺了一只门牙。

“爷爷，我陪你去镶好牙齿。”

“谁看见？算了。”

裕进怪心疼：“我看见。”

“好，好，好，”老人忽然起劲起来，“真的，万一要见孙媳妇，整齐一点儿。”

家里还雇着司机，把两个年轻人载回家。

袁松茂说：“别忘记联络。”挥手道别。

祖母正在搓麻将，特地放下牌来看裕进：“都是你妈，崇洋，把我儿子叫去了外国陪她，一年见不到一次。”

陈老太太比媳妇矜贵，外国生活到底清劳。

她转过头去同牌搭子说：“我才不去外国长住，左一句清人，右一句支那，受不了。”

裕进把祖母重新按在椅子上，替她摸一张牌：“一只鸟，有没有用？”

牌搭子都笑起来：“原来在做索子。”

裕进淋一个浴，喝了绿豆汤，取过中文报纸，试读新闻：“先夫……九十二……主内安息。”

祖父过来：“嘘，这是讣闻，叫你祖母听见了要骂你。

过来，帮我做模型。”

祖父有个特别嗜好，他喜欢在瓶子里装砌模型帆船，真考耐心，一坐整个下午，用小钳子伸入瓶颈逐件砌好。

裕进眼力好，手指够力，一下子做好一半。

祖父高兴得不得了。

牌局散后，祖母过来同他说话。

天气热，裕进瘫在藤榻上，看到祖母脚上有痱子粉，想起极幼时，祖母也替他扑粉，然后把他的胖手胖脚搂在怀中。

他仿佛看到小小的自己到处乱跑，用蜡笔在墙上涂画。

“这次好了，多住一会儿。”

真热，街上全是人，大厦每一个单位都有人搓牌，要不，拔直喉咙唱歌，真是个嘈吵的城市。

裕进在杂声中睡着。

第二天早上他上门去学中文。

老师是一位中年太太，姓邓，住郊外。

她的教学方法颇为特别，像古时书塾，琴棋书画一个人包办。

裕进不但要读书写字，还要练习画国画，并且欣赏戏曲音乐，每天三小时很快过去。

下午也有一个女学生上门，十分留意陈裕进。一日，邓老师借故说："丘永婷想知道你有没有女朋友。"

裕进不假思索地说："已经订婚。"

那个叫永婷的女孩子不错，略具气质，但是，裕进喜欢的女孩子不属那类型，一口拒绝。

他记性好，学得快，老师不教会话，专心传授诗词，裕进十分吸收。

正当老人家庆幸从未见过那样听话斯文的年轻人之际，魔鬼的引诱来了。

那已是晚上十时，裕进躺在床上看自然纪录片：一群啄木鸟将一棵大树啄成蜂窝，每个小洞内储藏一枚橡子，预备过冬。

裕进觉得可笑，看上去多像人类的银行保险箱。

电话忽然响起："喂，出来玩。"

"什么？我都睡了。"

"神经病，快起来。"

"改天行吗？"

"今天是我二十二岁生日。"

“哟，失敬失敬。”

“快出来，十分钟后我来接你。”

裕进只得换上便衣，果然，袁松茂的吉普车立刻到了。

他大声叫：“男人的身体机能在我们这年纪已经开始衰退，来，快快悲情地庆祝。”

车里还有两个朋友，都像喝过一点儿酒，情绪高涨，大声说笑。裕进不由得说：“让我来开车。”

松茂也不客气：“你听我指挥，现在直驶，到了小路尽头，转右，再向前，拐左，上公路，看着市区指针……”

像人生路一样，见招拆招，见一步走一步，不知走往何处。

似他们，在小康之家出生，已是走在康庄大道上，只要不犯错，可以顺利、舒服地到达目的地。

有些人就没有那么幸运，生在荆棘堆，不知要如何挣扎才出得来。

“转进这个停车场。”

使裕进诧异的是，快深夜十一点了，车龙不绝，处处是夜游人，进酒吧门口还需轮候。

噫，不是说经济不景气吗？

终于进去了，听见一组爵士乐队正在演奏，气氛的确不错，站了片刻才等到空台子。

大家叫了啤酒，袁松茂已经开始与隔壁台子一个穿露背裙的女子挤眉弄眼。

裕进劝道："不是同来的不要搭讪。"

松茂答："那到这酒吧干什么。"

他同来的朋友已经找到对象坐到别处去了。

风气竟这样开放，裕进又一次意外，他还一直以为东方是东方，西方是西方。

与露背女同在一起的男生已经怒目相视，火药味十足。

他说了女友几句。

但是那冶艳女不听他的，索性对牢裕进他们笑。

袁松茂示意她过台子。

那一个晚上活该有事，那女子一站起来，就被男伴拉走。

袁松茂喊："喂，你不可勉强这位小姐！"

电光石火间，他面孔已经挨了一记耳光。接着，那个女郎也挨了一下，倾时尖叫起来。

裕进叫："住手，不得打人！"

那人伸手一拳，被裕进眼快隔开，袁松茂扑过来往那人腹部打去，那人退后几步，撞跌台子，场面混乱起来。

警察不知在什么时候已经掩至，效率高得叫人吃惊，全部有关人等都带到警局问话。

在街上，风一吹，大家都清醒了，默默无言。

警察说："请出示身份证明文件。"

奇是奇在三个年轻人都拿护照。

袁松茂解释："没事，玩得过分了，以后会收敛，对不起，劳驾了你们。"

警察板着脸："真的没事？"

"真没事。"

"你们是朋友？"

"不打不相识，现在是了。"

警察又问："在外国，也惯性这样争风？"

大家看向那个女郎，不由得倒抽一口凉气。

灯红酒绿之下，觉得她销魂，在派出所无情的日光灯下，只见她憔悴的黑眼圈已经糊掉，头发枯燥焦黄，叫他们吓一大跳。

警察似笑非笑："可看清楚了？"

派出所释放了他们四个人。

走到门口，那女子问：“谁送我回家？”

三个年轻男子像见鬼一般跳上出租车就走。

回到家，天已经蒙蒙亮。

祖父早起，在园子里练太极拳，看到孙儿，奇问：“一身汗，到什么地方去了？”

“嘘，别叫祖母看见。”

“裕进，社会风气不好，你交友需分外小心。”

“是，知道。”

“去淋个浴，我带你去逛花市。”

裕进陪祖父去买花，他看到了许多亚热带土生花朵：茉莉、姜兰、栀子、金白，香气扑鼻，叫他迷惑。

小贩与老先生熟稔，攀谈起来：“是你孙子？这么英俊，又听话。”

“还在读书？呵，大学已毕业了。”

“好福气，很快就有曾孙。”

太阳升起，热浪来了，裕进背脊又开始凝着汗珠，回去，恐怕又得淋浴。

到家，插好花，袁松茂电话追至。

“别再找我，我们已经绝交。”

“昨夜真对不起。”

“真是损友。”

“刹那间什么事都会发生，幸亏无人带枪，以后我再也不敢了。”

“你本来浮躁的性格在这流动的都会更加危险。”

“我今天正式上班。”袁松茂说。

裕进意外：“在什么地方？”

“家父的广告公司。”

“呵，子承父业。”

“他叫我好好干，否则，公司传给姐姐、姐夫，叫我乞米。”

“哗，宁可信其有。”

“几时到我公司来看看。”

“对不起。”裕进说，“我俩已经绝交。”

他挂断电话。

除了学中文，裕进也没闲着，他陪祖母逛街购物，时髦的祖母极爱打扮，买的都是半跟鞋，裕进亲手服侍她试鞋，售货员都忍不住抿着嘴笑。

“五号太小，请给双五号半，连咖啡色的也试一试。”

有一位中年女客走进来，看见这个殷勤的年轻人，十分喜欢，坐在他旁边，吩咐：“替我拿七号来看一看。”

裕进并不解释，又喊出来：“露趾银色七号。”

结果还帮人家做成了生意。

祖母钟爱地凝视他：“裕进，你立定心思游戏人间？”

裕进陪她去喝英式下午茶。

裕进想起来才答：“也不一定，也许会教书。”

他替祖母斟茶：“这是英国人唯一留下的记认？”

祖母答：“已变了许多，从前到底都崇洋，设法到外国留学，学洋人的玩意儿，现在鼓吹另外一套。”

裕进点头：“换下洋装穿中装。”

祖母的意见十分精灵：“是改良唐装，又加些东洋味，近年竟无故刮起东洋风来。”

裕进不表示意见。

“我们这一辈上了年纪的人对新作风有点儿不习惯。”

裕进轻轻说：“也不能一辈子做殖民地——”

这时，陈老太碰见了熟人，一位中年太太带着女儿索性在他们那桌坐下。

“我女儿嘉盈，你们都来过暑假，大家谈谈。”

那女孩皮肤白皙，有点儿骄傲，说自剑桥回来。

裕进不发一言，非常客气，那女孩也不多话。

不，她也不是裕进喜欢的那一类型。

半晌，她问：“最近看什么书？”

裕进微笑答：“《心灵鸡汤》。”

那汤嘉盈睁大双眼：“你说笑。”

裕进泰然说：“为什么不？简单、易读，又有共鸣，它们现在还分门别类；有给毕业生的鸡汤及新任母亲的鸡汤，妙不可言。”

汤嘉盈说：“我很欣赏你的幽默感。”

“你呢，”裕进问，“你看什么书？”

汤小姐昂一昂头，裕进满以为她要背出几个得过诺贝尔文学奖的南美洲作家大名，如聂路达[1]与马尔盖斯[2]之类，结果没有。

终于她说：“我重看了金庸全集。”她有点儿喜欢陈

---

[1] 聂路达：又译为巴勃罗·聂鲁达（Pablo Neruda），智利诗人。

[2] 马尔盖斯：又译为加夫列尔·加西亚·马尔克斯（Gabriel García Márquez），哥伦比亚作家。

裕进。

裕进笑笑，总算有人愿意踏出第一步，不过，她仍不是他喜欢的类型。

汤太太还有点儿事，带着女儿嘉盈告辞。

裕进结账，他与祖母刚要走，忽然见到汤太太气吁吁赶回来，像是忘了东西。

但不是，她有点儿腼腆，同裕进说："下星期六是嘉盈生日，请你来吃顿便饭。"

裕进连忙答："是是是，有时间一定来。"

汤小姐太过分了，大热天，把略胖的中年母亲差来差去，自己为什么不开口呢！

他与祖母上车。

老太太探过头去问："汤嘉盈好不好？"

裕进不置可否。

她没有炽热的生命，二十多岁的一生中没有流过泪、淌过汗，整个人是小资产阶级社会层的一件摆设，父母优厚条件栽培下的所谓淑女。

裕进自问没有资格抬一件这样名贵的装饰品回家供奉。

陈老太轻轻问："太瘦？"

裕进改说："今日收获颇佳，买了七双鞋。"

"可不是，许久没有试得那么畅快。"

到了周末，裕进假装忘记约会，什么表示都没有，在家里重看《星球大战》三部曲。

他听见有人来电话催促，祖母同对方说："他祖父有点儿事，与他出去了，不知道几时回来，没说起。"装老糊涂。

真好真合拍，裕进甚爱祖母作风。

没多久，裕进手提电话响了。

他去接听，对方听到电影配乐，便吟道："许久许久之前，在非常非常遥远的星座里……"

是袁松茂。

"又是你！"

"可不就是我，怕你在家闷死，特地来搭救你，要不要出来玩？"

"我实在不想再上派出所。"

"听你这张乌鸦嘴，我在公司里拍摄一套广告，要不要来探班？来就买十个八个水果上来。"

"不来。"

"唏，不来拉倒，要你这种朋友干什么。"

“周末也需工作？”

“本都会不分日夜假期。”

“我考虑一下。”

袁松茂说：“等你。”

挂了电话，《星球大战》熟悉的特技忽然有点儿闷，他换套衣服，同祖母说：“我出去一会儿。”

陈老太微笑：“无论家庭背景有多好，功课如何优秀，年轻人的荷尔蒙总是叫他们坐立不安。”

裕进有一个头脑最科学的祖母。

他驾车到办馆买了水果，照地址找上门去。

一按铃就听见欢呼声。

接着袁松茂亲自来开门，嘴里一边说劳驾，双手一边接过果篮，身后工作人员立刻捧着去分派。

整个工作室闹哄哄，生机盎然。

有人播放罗兰·希尔的怨曲，摄影师与模特儿随着音乐款摆身子，工作进行得如火如荼。

在这里，每个人必须苦干才有收入，裕进喜欢这样的环境。

这一天拍摄的是减肥药广告，模特儿举起双手，露出干净洁白的腋窝，在镜头前搔首弄姿。

半晌，她累了，说声："我也要吃西瓜。"导演立刻喊停："大家休息二十分钟。"

接着，有助手上前递切开的水果及矿泉水给女主角。

那小女生一抬起头，裕进就呆住了。

常常听见有人形容眼睛像寒星，裕进一直认为是陈词滥调，星也就罢了，也许人家双目的确明亮，但怎么寒冷呢？

可是，经过今晚，他完全明白了。

那女孩有小小鹅蛋脸，皮肤白皙，一双天然细长浓眉像画出来的一般，她的眼神冷冷，可是亮得连在角落的陈裕进都看到她。

袁松茂的声音在他身边响起："可是真漂亮？"

裕进已不能言语。

"做广告公司可时时遇见美女。"

"请问，她叫什么名字？"

"名歌星孟如乔你都不认识？"

原来他们说的并不是同一人。

"不，"裕进连忙说，"不是女主角，是她身边穿小小白衬衫工人裤的助手。”

“她？不知道，我替你去打听一下。”

袁松茂一走开，裕进便听见有人叫那女孩：“印子，过来一下，这件衣服需要熨。”

那女孩立刻高声答应。

印子，她叫印子。

袁松茂走过来：“她姓刘，叫刘印子，才十七岁，是孟小姐的助手。”

留下印子，多么别致的名字。

“什么叫助手？”

“跑腿。”

“啊。”

“买汽水香烟、打电话叫车、到银行提款、往邮局寄信……明白吗？”

原来如此。

“像孟如乔这样的名人身边，雇有保镖、司机、秘书、保姆、助手及家务女工等多人服侍，当然，还有我们广告公司户口负责人。”袁松茂不忘自嘲。

“为什么做这种工作？”

“听过这种话：职业无分贵贱，用劳力换取薪酬，天经地义。”

“是是是。”

这时，摄影师小丁走过来：“在说印子吗？有一则香皂广告想找她拍摄。”

袁松茂问：“用她做主角？”

“面孔够清新。”

“她肯穿泳衣上场？”

“正在游说她。”

袁松茂忽然转过头来问裕进：“你说印子该不该拍出浴？”

裕进答：“当然拍，求出身，有何不可。”

“是，很多少女愿意做。”

“我们旨在推销货品，手法绝不猥琐。”

那天晚上，裕进借故留到半夜，不想离去。

趁刘印子收拾化妆箱，他走近她，咳嗽一声。

短发的她没有抬起头来，雪白后颈上有一个紫青色文身图案，费点儿劲看清楚了，是个空心中文“气”字。

呵，多么特别。

裕进又咳嗽一声。

她终于抬起头来，客套地微笑着看着他。

裕进忽然汗出如浆，他深深吸进一口气。

“你好，我叫陈裕进。”

她点头：“你是带水果来探班的人，谢谢你，樱桃甜极了。”

她把化妆品逐件抹干净放好，唇膏印、胭脂印都深深浅浅印在纸巾上。

“要走了吗？我送你。”

“不用，司机会载我。”

裕进点头。

他们一直做到凌晨二时才收工。

裕进终于不得不走。

袁松茂过来拍着他肩膀：“我这份工作怎么样？”

“很好。对，茂兄，几时拍那个香皂广告，记得通知我。”

“咦，同窗数载，我不知你患偷窥症。”

“现在你知道了。”裕进微笑。

袁松茂忽然忠告他：“陈裕进，你这人比较单纯，不适宜结识这个圈子的女孩，这些女孩通常有复杂的背景及较大的野性。”

裕进不出声。

“你看中了刘印子？”

裕进点头。

“她在短短一刻已在你心中留下印子？”

裕进又点头。

“那么，你不枉此行了。”

“不是警告我切勿接近吗？”

袁松茂笑起来：“但是，危险的女性通常妖冶可爱，况且，男人有什么损失。”

这是世俗一般看法。

袁松茂问：“有车子来吗？”

“有，再见。”

车子驶经大厦角落，却看到一个高挑的人站在那里，咦，正是印子。

他轻轻把车子停下来：“载你一程。”

她浅浅一笑：“我等出租车。”

“这种时候，一个女孩子站在街上危险，请放心，我不是坏人。”

“顺路吗？”

“这个都会能有多大。”

她终于上了车：“山村道，你可知道路？”

“教我走。”

她拎着化妆箱，可是自己脸上十分素净，夜越深，双眼越有神。

“我叫陈裕进，是袁松茂的朋友。”

“我知道。”

印子教裕进在适当的地方转弯，深夜，交通比较松动畅快，只是仍然燠热，她却似冰肌无汗。

“司机没来？”

她淡淡答：“接走了乔小姐。”

丢下了她。

车子驶抵一幢旧房子，裕进说：“我送你上去。”

“不用，谢谢。”

“几楼？”

她用手一指，裕进抬起头高高看上去，原来天台上还有僭建平房。

她转身走了。

裕进一时不想回家，独自开车兜风。

真笨，换了是袁松茂，一定知道该怎么做，他却连电话号码都没拿到，更别说是下一次约会了。

他应该问："周末做些什么？可想出海？"或是说："有个小地方，冰激凌非常好吃……"

都说不出口。

她的秀丽叫他震惊，平时也很调皮的他已无心卖弄口才。

终于回到家的时候，祖父已经起来。

"又玩到天亮？"

"不！"裕进否认，"睡不着，出去走走。"

"一个人，还是同女朋友？"

裕进改了话题："祖父你可是盲婚？"

"不，你祖母是我燕京大学的同学，我读化工，她读外文，我俩自由恋爱。"

裕进笑："我没得到你们优良遗传。"

"你爸说你有点儿心散。"

"他已经很客气。"

“是什么困扰你？”

“爷爷，我最大目的是同我喜欢的人一起说说笑笑，在一个无云的晚上观赏繁星。”

“很好的享受。”老先生点头，“那么，你何以为生呢？”

“爸妈会赠我一间向海的两房公寓及一部好车。”

“生活费用可有着落？”

“我可以教书，学校假期特别多，工作时间短，适合我这性格。”

“我觉得并无不妥，祝你幸福。”

“真的？”裕进大喜过望。

“不过，你父母希望你较有野心。”

“不！”裕进坚拒，“我不要营营役役，交际应酬，扩阔生意网。”

“那么，你父母的电子零件生意由谁承继呢？”

“姐姐。”裕进不假思索。

“她是女孩子呀。”

裕进大笑：“这样时髦的祖父也终于露出马脚，歧视女孙，哈哈哈哈。”

祖母出来：“哗，大清早笑声震耳，说什么这样高兴？”

老先生笑答："改天裕进走了，屋内又一片静寂。"

"我们应当庆幸他来陪过我们。"

裕进看看时间："我要上课去了。"

他去淋浴更衣，不知怎的，总觉得有一双大眼睛在看着他，裕进不由得小心翼翼起来。

裕进到了邓老师处，发觉丘永婷也在。

邓老师穿着黑色香云纱旗袍，非常优雅，她同裕进说："今日永婷与你一起上课。"

裕进并不介意。

邓老师说："案头有一本莎士比亚十四行诗，你俩随便合作翻译哪一首，用中文写出来，作为测验。"

裕进睁大眼睛，这样深不可测的功课，叫他如何应付？他刚学会写百来个中文字。

他随手翻到其中一首。

"第八十一首，来，让我们读一次。"

永婷点点头。

"如果我活到可以写你的碑文——"

"不，"永婷说，"墓志铭。"

"或是你生存到我在地里腐败，至彼时你音影常存，而我早已被遗忘。”

裕进已经做得一额汗。

有些字他不会写，靠永婷帮忙，两个华裔比外国人还狼狈，挣扎着逐句记下。

“你名字将享永生，而我则莠腐，只得一介坟墓，可是你长存在人们眼中，借我温和的诗句，万人聆听、万声唱颂，凡人死亡，你却永生，这是我笔的力量。”

裕进松口气。

丘永婷忽然说：“你会以为这些诗写给他爱慕的女性。”

裕进笑笑：“所有同类的十四行诗包括‘我可否将你比作一个夏日’，都是献给他的赞助人威克萨斯伯爵。”

永婷也笑：“这样好诗，却由男人送给男人。”

有人咳嗽一声。

是老师：“这么快完成了？”

他们大声答：“是。”

老师说：“且去听琵琶演奏，我来改卷子。”

裕进却挑了二胡。

永婷问：“二什么？”

“二胡，还有高胡，是胡琴简称，胡，即由西域外国人传入，同番一样：番茄、番石榴，一听就知道不是中国原品种。”裕进解释。

永婷微笑：“你知道得不少。”

“我刚看罢本期《史特拉》音乐杂志，详尽介绍中国弦乐。”

“可是二胡声如此苍凉——”

老师探头出来：“上课时不要闲谈。”

像所有学生一样，教师越不让他们做什么，他们越有兴趣。

裕进朝永婷扮一个鬼脸。

老师改完了他们的翻译卷。“九十分，”她说，“还有进步的余地。”

两个年轻人嘻嘻哈哈地离开老师的家。

永婷鼓起勇气：“裕进同学，我想去买些中文参考书，你愿意一起去吗？”

裕进冷静下来，他轻轻说：“我已约了朋友。”

永婷失望：“那么，下次吧。”

她不擅掩饰内心感情，明显地失落。

丘家司机将车驶近，永婷上车，背影都看得出寂寥。

裕进背后传来一把声音：“为什么叫永婷失望？”

裕进转过头，见是老师，笑笑答：“因为我不想伤害她。”

老师轻轻说：“恐怕没有缘分。”

“是，我心里早已有别人。”

“那是一个很出众的女孩子吧。”

“只不过在我眼中独一无二而已。”

老师笑笑：“但愿你俩永远不用伤心。”

“多谢你祝福。”

邓老师很明显地给他俩制造机会，真是个有心人。

裕进买了一大沓中文报纸，逐项头条读出来。

“可疑船只疑载逾百走私人口。”

“七百幢旧楼需实时维修。”

“合金价疲弱促使找寻伙伴。”

祖父说：“好像进步多了。”

裕进答：“妈妈还要我读小字呢。”

祖母笑不可抑：“裕进，大字小字都是一样的中文字。”

裕进抓抓头：“小字多且难。”

“真是个孩子。”

可是，稚嫩的心已经朝某一个方向飞出去，不想返家。

“他姐姐比他沉着。”

“裕逵的确少年老成。”

裕进忽然有点儿想家，凡事可与父母或大姐商量。

不过，幸亏祖父母也是申诉好对象。

他开口：“有个女孩子——”

祖母非常有兴趣：“噢，有个女孩子吗？”

“她是一个模特儿，兼职化妆师，长得十分漂亮。”

祖母看着他：“你们这个年纪，重视外形多过一切。”

“她的眼睛——”

“大而精灵，像会说话，可是这样？”

“祖母，你怎么知道？”裕进纳罕。

祖母哑然失笑：“我都见识过，我经验丰富。”

“如有机会，可以带她回家吃饭吗？”

“祖母永远欢迎你同你的朋友，祖母的家即是你的家，大门永远打开。但是，别以为人家会稀罕跟你回家吃饭。”

“谢谢祖母，我明白。”

“她叫什么名字？”

“刘印子。”

“这么早已在社会工作，家境平平吧？”

“什么都瞒不过您老人家的法眼。”

“漂亮的女孩子，在这个奇异的都会中永远不会寂寞。”

裕进说：“自小学起，我见惯洋童的大眼睛，那都是不同颜色的玻璃珠，空洞，毫无灵魂，但是印子的眼睛却完全不同。”

祖母百分之百了解：“那是因为你钟情她的缘故。”

“不不不——”

“别多说了，陪你爷爷看牙医去。”祖母说。

这才是最重要的任务，但凡老人家平日想做而又不大提得起劲的琐碎工夫，裕进都一一代劳。

屋里坏了的灯泡全换上新的，会吹口哨的水厕修妥，滴水龙头整好，还有，洗衣干衣机买了套最新款式，替祖父置了手提电话。

对家庭医生不满，另外找了名较细心体贴的女西医，同司机说，踩刹车掣不要太用力……

凡事都由他出头，裕进可不怕麻烦，来回开两小时车去买祖母爱吃的绿豆糕。

连带邓老师都得益，家里水果不断。

裕进说：“有事，弟子服其劳；有酒食，先生馔。”

邓老师感动地说：“学中文真有益。”

傍晚，袁松茂电话来了。

“出来。”

“什么事？”

“当然是于你有益的事。”

裕进心一动：“印子拍广告？”

“带三打啤酒及蛋糕、两支香槟、一条香烟、水果汽水若干，明白没有？”

“你不刮些便宜你真会死。”

“说得对，”他心平气和，“我会死。”

裕进立刻丢下一切去办货。

幸亏他零用金充沛，再说，食物茶水花不了多少。

他也没忘记老人，着办馆送水果回家。

手提电话响：“有人要吃鲍鱼鸡粥。”

裕进笑对茂兄说：“那人是你吧？”

“又被你猜到。”

“我替你到上环最好的孖记粥店去买。”

“我感动得鼻子发酸。”

办齐所有贡品，已是个多小时以后的事。

一按天祥广告公司的门铃，几乎全体职员扑出欢迎。

“哗，还有烧鹅腿。”

“三丝炒面兼扬州炒饭。”

“他竟送我们一台卡普千奴[1]咖啡机。”

“我这才相信世上真有朋友这回事。”

几十个人，裕进只看见远处一双朝他招呼的黑眼睛。

他把双手插在口袋里不出声。

到了这个时候，他也很知道自己的命运了。

他体内有些什么，再不属于他自己，像系着一条无形丝线，操纵在另一人手中。

有人说：“咦，印子，有你最喜欢的樱桃馅饼。”

原应开心才是，但不知怎的，裕进有点儿惘然，又略觉心酸，竟低下头，不知说什么才好。

有人轻轻问：“你好吗？”

抬起头，他看到印子就站在他面前。

他清清喉咙，尽量镇定地说：“祝贺你做主角，酬劳一定理想。”

---

[1] 卡普千奴：又译为卡布奇诺（Cappuccino）。

她微笑："全靠茂兄争取。"

袁松茂走过来："这次八千，下次就一万了。"

裕进纳罕："不是以百万计吗？"

"先生，那是成名的红星，千万都有，明年吧，明年就轮到刘印子了。"

印子头一个笑出来。

印子上身穿着泳衣，下身穿短裤，美好身段尽露，站在特制水龙头下，直洗了三四个钟头。

"哗，要不要重拍七十次？"裕进说。

袁松茂转过头来："嘘。"

印子的手指头、皮肤都皱了。

导演看着努力演出而毫无怨言的刘印子，问摄影师："你看怎么样？"

"你我都是有经验的人。"

"是，刘印子小姐指日飞升。"

"你看她印堂已透出晶光，压都压不住。"

"真人漂亮，镜头下更清丽。"

"我是你，就立即同她签三年约。"

这一切，都听在裕进耳中。

他听他们讲得那么神奇玄妙，不禁好笑。

广告拍到天亮，裕进寸步不离，奇怪，一点儿也不闷不累，只要能够见到她，就已经很高兴。

终于拍完了，大家都松口气，笑容与肩膀都垮下来，预备收工，印子却还在多谢每一个工作人员。

裕进过去轻轻说："我送你。"

她转头说："你救了我，我都拍得要哭了，几十双眼睛盯着我淋浴，幸亏你带着美食出现，转移他们注意力。"

裕进安慰她："许多美女选手的参赛者比你今日穿得少。"

印子笑了。

她低头收拾杂物，裕进发觉她后颈那个文身图案变了样子，这次，是一个"美"字。

"咦。"他说。

"啊，"印子摸一摸后颈，"不是真的文身，不过是用印度墨画上去的图案，导演说'给一个特写，添些震撼感'。"

裕进还是第一次听到印度墨。

印子自化妆箱取出一小瓶墨色墨水："是用水蜡树花汁制成的墨水，被皮肤吸收之后，历久不褪，印度妇女用它在手脚上描花，以示吉祥。"

她用化妆笔蘸了墨水在他手臂上写了一个“力”字。

裕进说：“我见过，尤其是新娘子的手心手背，画得密密麻麻。”

这时，最后一个工作人员“啪”一声关掉水银灯离去。

两个年轻人在黑暗中笑了。

裕进送她回家，鼓起勇气问：“星期天有空吗？”

“我要跟乔小姐开工。”

裕进涨红面孔，刚以为没希望了，她却又说：“收工我打电话给你。”

他忙不迭点头。

她蓦然抬头：“糟，下雨了。”

“下雨有什么可怕？”

印子却笑起来：“我家全屋漏水，我得帮阿妈准备盆碗接水，不与你说了，再见。”

她奔向前，又回转来说：“谢谢你。”

然后匆匆奔进旧楼。

印度墨

贰·

有一日，我们都会变，
变得自己都不再认识自己，
但我仍会记得，你曾经对我那么好。

裕进下车，抬头在晨曦的大雨中看向天台的僭建屋。

一间漏水的铁皮屋里住着这样的明娟。

才十七八岁就得养家养自己，整个大包袱挑在肩上，是什么样的人家这样早就叫女孩子出来挣钱？

裕进有点儿唏嘘。

他终于上车走了。

裕进回到家，祖父母在等他。

祖母眼尖："哗，天亮才返，淋得似落汤鸡，添了文身。"

裕进笑："怎么不骂我？"

"你不是我的儿子，不是我的责任，我才不会得罪你，孙子净用来疼惜，宠坏了也应该。"

裕进更是哈哈大笑。

“文身不是真的，隔段时间可以洗脱。”

“你妈叫你打电话回去，讲中文。”

“立刻打，这难不倒我。”

“她说，裕逵在三岁时普通话已十分流利，你只会说：‘你好吗？’”

裕进想一想：“还有‘再见’‘谢谢’。”

“还有时时玩通宵。”祖父揶揄他。

裕进找到母亲：“你好吗？我累，我睡，来不及，唉。”

他改用英语：“宁学拉丁文，不学中文。”

“裕进，真挂住你，家里没了你咚咚咚跑上跑下的脚步声，十分寂寞。”

裕进诧异：“妈妈，我十岁之后就已经不再咚咚咚乱跑。”

老妈对时间、空间有点儿混淆，叫裕进恻然。

“大学来信，已收你九月读硕士班。”

裕进不出声。

“稍后我们或许来看你。”

裕进忽然打了一个哈欠，挨了通宵，终于累了。

母亲叮嘱几句，挂上电话。

裕进接着去上课。

只觉得常用的三千个中文字中，没有一个字可以形容他此刻的心情。

邓老师看着他：“照说呢，上中文课不得担天望地，用手撑腮，头伏在桌上。”

“对不起，老师。”

“但你自幼受西方教育，你们重视自我，不受规矩束缚。”

裕进笑了。

“奇就奇在学得比我们还多。”

“不，每个实验室里都有出色的华人学者。”

“可是他们读得那样苦：自律、忘我、遵守规则……”

裕进说：“只要达到目标就好。”

“学习过程应当是享受，不是折磨。”

裕进忽然问：“爱情呢？”

老师却开放地与他讨论：“爱一个人，少不免患得患失。”

裕进点头：“是应该欢愉的吧！”

老师温和地答：“看你爱的是谁。”

裕进用力擦手臂上的“力”字：“爱得越深，是否越吃苦？”

“对方不一定爱你啊！”

“那又该怎么办呢？”

“理智的人，应当知难而退。”

裕进不出声，把头埋在手臂中。

邓老师心想：这大男孩，爱上了谁呢？

“咦，”裕进忽然发觉，“我的中文几时说得这样好？”

“因为我不谙英文，你只得陪我讲中文。”

“谢谢老师。”

回到家，裕进滚在床上，一下子睡着。

在很深很深的黑梦中，他看到了印子，她大眼睛忧心忡忡：“裕进，我家漏水。”“我帮你。”他说，可是整个屋顶像筛子一样，裕进根本帮不到。

电话铃响了又响，把他叫醒。

是袁松茂的声音：“开电视，扭到第七台。”

裕进惺忪：“好好好。”

荧幕上出现巧笑倩兮的刘印子，裕进清醒了。

经过计算机背景处理，在室内淋浴的她忽然出现在瀑布下，清绿的山崖，洁白的水花，使秀丽的她看上去像个仙子。

“怎么样？”

裕进不知如何回答。

“人人赞好，有口皆碑，裕进，我爸高兴得不得了，发下奖金，说我是可造之才，承继天祥广告公司有望。”

“没想到这么快播出来。”

“迫不及待呀。”

“有没有请印子拍第二个广告？”

“已在进行中，这次，是洗发水。”

还是得洗。

“还有一个卫生巾的广告在接洽中。”

收入好了，也许可以搬到一间不漏水的公寓去。

“你与印子进行得怎么样，接吻没有？”

“啊！”

袁松茂啧啧连声：“速度太慢了。”“啪”一声扔下电话。

裕进整晚等广告再播，小心录起来，一次又一次欣赏。

祖母探头过来：“咦，这是谁？”

裕进连忙拉着她一起看：“祖母，这个女孩子可漂亮？”

祖母看完了片段，微笑不语，在她眼中，所有青春女都有三分姿色，都差不多样子，到了某一年纪，相由心生，若不努力修炼内涵，后果堪虞。

“果然是一个模特儿。”

“祖母，她会成名。”

祖母忽然找来一个小小册子，翻到某一页：“裕进，你知道爱茉莉·迪坚逊[1]？”

“美国十九世纪著名女作家及诗人。”

“迪坚逊一早写了这首诗，你读给我听。”

裕进接过轻轻读出：

“我是无名小卒，你是谁？

你也是无名氏吗？

我们可成为一对。

别说出去，他们会大肆宣扬——你知道。

做名人是多么累。

多么扰攘，像一只青蛙，将姓名喋喋，整个六月般生命，诉诸倾慕的沼泽！”

读毕，裕进不出声。

半晌，祖母说：“不过，这话也只有最出名的名人，厌倦了出名，看穿了名气的大作家才敢说。”

---

[1] 爱茉莉·迪坚逊：又译为艾米莉·狄金森（Emily Dickinson），美国诗人。

“可不是，把群众视作一片沼泽，把喜风头的人讽刺为青蛙。”

祖母微笑：“所以，名气不过是那么一回事，拥有了也不稀罕。”

“有了名，才有利，印子需要负担家里。”

祖母点头：“那又是另外一个故事了。”

星期六，家里电话响了。

是印子的声音。

裕进惊喜：“咦，不是说要工作吗？”

“孟小姐看到广告，说我不会专心工作，已开除我。”

印子语气沮丧，说不出的低落。

明显的，有人已开始妒忌，打压要趁早。

“你不是已与天祥签约？”

“计部头，不是算月薪，我怕开销不够。”

“你愿意出来谈谈吗？”

“在半月咖啡座见面吧。”

裕进早半小时到商场，到处逛，看到一家小小文身店。

一个女孩子出来招呼他：“随便参观。”

她打扮成二十世纪六十年代嬉皮士模样，耳后有一和平标志文身，额前有一颗朱砂，最奇突的是，舌尖上打一枚钉子。

她像是知道客人想些什么，笑笑答："不，不痛，是，吃冰激凌有点儿不方便。"

裕进笑了。

"假如一时不能决定，我们有文身印贴出售。"

裕进心一动："有无印度墨？"

"你说的是指甲花汁？这包粉末冲水调和，可做多种用途。"

裕进立刻买下。

时间差不多，裕进赶去咖啡座。

印子迟了十分钟，裕进心甘情愿等候。

真凑巧，她额中央也有一颗红色朱砂装饰。

裕进用手轻轻一指："这叫作并蒂，印裔妇孺用来辟邪。"

"昨天拍的化妆广告，一时擦不掉。"

"是洗头水吗？"

"不，牛仔裤。"

"那多好，至少穿着衣服，有进步。"

才说出口，已经知道造次，立刻用手堵着嘴。

可幸印子没生气，只是伸手打他手臂。

“别担心收入，船到桥头自然直。”

“你是半个外国人，怎么会知道这种谚语？”

“我正努力学中文。”

“别喝茶了，陪我到沙滩走走。”

裕进车厢里有小小沙滩椅，摊开来让印子坐在树荫下。

半晌，印子松弛下来，诉说心事。

“去年，母亲工作的小制衣厂结束，她失业至今。”

裕进不予置评，只借出耳朵，这年头，中年妇女不好找工作。

“我们家手头一向不宽松，如今更加困难，我只好努力工作。”

“你也没闲着。”

印子心急如焚：“我希望走红，喊高价，拿钱回家，安置妈妈及妹妹。”

裕进意外：“你还有妹妹？”

印子露出笑容：“是，十五岁，读高中，非常调皮。”

那负担可真不轻。

裕进忍不住问一句：“你父亲呢？”

印子看着远处："十年前已抛弃我们，走得无影无踪。"

裕进立刻噤声。

他心头一阵难过，替印子不值。

他改变话题："妹妹叫什么，影子？"他不忘调笑。

印子微笑："叫罗萨萝，今天生日。"

"咦，我们替她准备礼物才是，来，回市区去。"

印子尴尬地说："我们想节省一点儿。"

"只送一件礼物可好，她喜欢什么？"

印子着急："我知道你慷慨，可是——"

"可是什么？"

印子的声音低下去："可是妹妹收到礼物一定很高兴。"

"我们快去挑选。"

裕进想送一只手表，可常用，又有纪念价值，他取出信用卡，义无反顾，迅速成交。

他又买了蛋糕，送印子回家。

他说："你与家人庆祝，我不进去了，改天再拜访。"

他不想扮那种古老文艺小说中的阔客，买了大堆礼物趾高气扬地走进贫女家中耀武扬威，金钱万岁。

他轻轻说："别说我有份，免妹妹觉得突兀。"

印子点点头。

看着她进去了，裕进才掉头走。

那天晚上，半夜大雨，裕进想赶去帮印子接漏水。

第二天一早，她打电话来，只是说：“有空吗？请你喝茶。”

“上午我要上课，下午怎么样？”

“下午我拍广告。”

“要不要我陪你？”

“不用了，是熟人，极安全，穿着衣服拍硬照。”她强调“穿衣”两字。

“印子，可有想过找份白领工作？”

印子笑：“我才高中毕业，薪酬低微。”

“万事从头做起呀。”

“我比较虚荣，好高骛远。”

各人有各人的难处。

下午，袁松茂约裕进喝啤酒。

讲起刘印子，他说：“追求者众，美色永远叫人着迷，但是，这不过是你的暑假罗曼史。”

裕进不出声。

“都会好赚钱，似她这般混混，也月入数万，比坐办公室强多了。”

“以后呢？”

“什么叫以后？”袁松茂愕然。

裕进问：“三五七年之后怎么办？”

“自然有更新鲜面孔出来，取之不尽。”

“不，不是说你们，是说印子。”

“印子？你少担心，她自然会趁这几年找到户头。”

“户头？”裕进怔住。

“是，大户，专有鳄鱼般贪婪残酷猥琐的男人，恃手上有钱，虎视眈眈，看牢市面上有什么新鲜面孔……”

裕进没好气：“你说得太过分了。”

“我形容得太含蓄才真。”

裕进不出声。

“咦！关你什么事，那不是你的世界，某处，自然有一位父母钟爱、名校毕业的大家闺秀在等着你。”

回到家，裕进摊开笔纸，蘸了印度墨，抄莎士比亚的十四行诗。

“作为奴隶，除出就你所需的时间，我还有什么可做？

我无所事事，直至你传召，

我不敢质疑苦涩的离别时刻，

也不敢用妒忌的思想，怀疑你去向，或做过些什么事……”

他一伸手，无意中掀翻了桌子上一杯沙滤水，裕进“呵”的一声，急急取起纸张，但已经沾湿。

不似一般墨水，诗句并没有晕开，字迹仍然黑白分明，裕进把它搁在一旁晾干。

祖母走过他的房间：“在干什么，练中文字？”

裕进抬起头：“现在还有人写信给女朋友吗？”

“当然有，若纯靠电话、电邮，邮政局岂非一早关门，还有，卡片、信纸、信封还卖给谁？”

裕进笑。

“盲目重视一点儿容易掌握的科技，自以为了不起，等于乡下人戴了一只石英表，嘲笑别人腕上的柏德菲丽[1]：‘什么，还需上发条？真过时。’”

“谢谢你，祖母。”

---

[1] 柏德菲丽：又译为百达翡丽（PATEK PHILIPPE），瑞士钟表品牌。

“裕进，做一个有文化的人。”

老太太真有一套。

信纸干了。

第二天，上完了课，他走到印子的家，把信放进信箱。

刚想离开，有人叫住他：“喂！你。”

裕进转过头去。

他看到一个机灵的小女孩，十五六岁，穿着校服裙子，看着他笑：“我知道你是谁，你是陈大哥。”

“你又是谁？”

“我是罗萨萝。”

“你中文名字叫什么？”

“我没有中文名字。”

看仔细了，这女孩雪白皮肤，褐色鬈发，鼻子高挺，分明是个西洋人。

裕进吃一惊，莫非她们姐妹俩都是混血儿？

“同谁说话？”

小女孩身后走出一个瘦削中年女子，朝裕进点头。

裕进连忙称呼：“刘太太。”

那位刘太太可一点儿笑容也没有：“你是谁？”

裕进忽然想起印子父母早已分手，叫她刘太太似乎不合适，有点儿尴尬。

“我是印子的朋友。”

刘太太上下打量他：“她不在家。”

“我下次再来。”

刘太太却问：“你是学生？”

“已经毕业了。”

“可有工作？”

“正想开始找。”

刘太太“嗯”的一声：“罗萨萝，我们上楼。”

那小女孩跟着母亲回家。

真巧，或是真不巧，不过是来送一封信，却碰见了印子的母亲及妹妹。

伯母对他不假辞色，好像不大喜欢他。

裕进忐忑地回家去。

电话接着来了。

裕进在淋浴，祖母敲门：“你女朋友找你。”

裕进答：“早知叫那些美人儿别缠住我。”

连忙用毛巾裹着身子出去听电话。

“来过了？”

“是。”

“见到她们了？”

“是。”

“谢谢你的信。”

裕进傻笑。

“我的父亲，是一个澳门出生的葡萄牙人，会说中文。”

“你完全像华人。”

“妹妹比较像外国人。”

“你的天主教名是什么？”

“马利亚。”

“真动听。”

刘印子笑起来：“妈妈说你叫她刘太太。”

“不是吗，该叫什么？”

“我爸不姓刘，他姓罗兹格斯，刘不过是我为自己取的姓氏，方便工作。”

“印子呢？”

“是孟小姐帮我改的名字，我读书时根本没有中文名。”

“你妈妈祖籍是哪个县哪个乡？”

“我不知道，但是她会讲广东及上海话。”

裕进不好意思再追问下去。

忽然之间，他听到她饮泣。

裕进吃惊：“为什么哭？我马上过来。”

他挂上电话换上衣服赶去。

印子一个人在家。

僭建天台房子比想象中整齐得多，她斟茶给他，西式茶杯上还绘着金龙，正是外国人最喜欢的瓷器式样。

“妈妈陪妹妹去面试暑期工，有一家工厂找模特儿。”

裕进点点头，长得漂亮就是有这种好处。

“我一时感怀身世……”印子有点儿无奈。

“你一辈子也不用低头，”裕进握住她的手，“你是你，上一代是上一代。”

印子把脸埋在他的手掌里，然后笑了。

她所有的笑都带着苦涩，与众不同。

裕进忽然问：“印子，你爱过人没有？”

印子迟疑片刻，摇摇头：“你呢？”

裕进微笑：“以前没有。”现在，或许，爱上了刘印子。

“来，我们出去走走。”

“我回来换件衣服就得出去。”

“那么，我送你。”

她挽起大旅行袋及化妆箱，裕进载她到目的地。

回程发觉座位上遗下印子的一副假金耳环，重叠叠大圈圈，十分恶俗，可是戴在她身上，就有种卡门的野性味道。

他把耳环珍惜地收在汽车暗格内。

过两日，他把印子带往家中：“我介绍祖母给你认识，你一定喜欢她。”

“她有多大年纪？”

“你看到她便知道。”

印子从未见过那样精致的小洋房，门一开，是位清癯的太太，才六十上下的年纪，淡妆、非常雅致，重要的是，她笑容满脸。

印子一直以为所有祖母都九十岁，因为她父亲已五十多，可是这位祖母时髦精神，身段维持得那样好，衣着考究，是个奇迹。

“欢迎，欢迎。”

印子看惯母亲的长脸，觉得陈家真好客，她放下心来。

祖母招呼她坐下，仔细端详她，然后叹口气说："真是红颜。"

裕进微笑："印子，祖母称赞你呢。"

印子连忙说："每个人年轻时都一样。"

祖母抬起头想想："早几十年我也是风头人物，但是色相还不能同印子比。"

裕进笑："祖母真客气。"

"裕进，你女友是个小美人儿。"

"祖母现在都仍然漂亮。"

祖母看看手表："咦，时间到了，我得去教会。"

裕进送她出门。

"印子怎么样？"他问。

祖母笑笑："那么漂亮，很难留得住。"

裕进不出声。

"别烦恼，此刻她在等你呢！"

裕进回转屋内，领印子参观家居。

印子十分羡慕："你真幸运，一切都现成，我如果想要这样的生活水准，不知还需挣扎多久。"

"你是我的朋友，我家人会接受你，你随时可以来借住。”

“我妈妈及妹妹呢，我不能扔下她们，我们三人，已经吃了不少苦。”

“你的环境会一天比一天好。”

印子露出一丝笑容：“最近工作排密密，我手头宽松得多，我打算努力积蓄。”

裕进请她到书房：“来，我帮你画图案。”

他取出印度墨及画笔，打开参考书：“印子，挑一个图案。”

印子翻阅画册：“咦，这是一个女子的腹部，花瓣图案以肚脐为中心。”

“画在双手上可好？”

“很快会洗脱，多可惜。”

“那么，在脚背上？”

“对，那可以保留得久一点儿。”

印子大胆脱去鞋袜。

“请把脚搁在这里。”

印子身量高，可是脚却不大，约莫只穿六号鞋，脚趾短且圆，裕进心中诧异，一个漂亮的人什么地方都好看，上帝真偏心。

所有美女的一半收入该分给她们的母亲，长得那样漂亮，妈妈有功劳，在这个肤浅浮华的社会里，相貌出众是多么占便宜。

他小心翼翼地在她脚背上画上独有的民族图案，印子专心地看着他用笔。

“裕进，你在大学念什么科目？”

“语文及教育文凭。”

“打算教书？”

“嘘。”

裕进点燃了一支线香。

印子深深吸气：“好闻。”

“是薰衣草。”

“裕进，我真羡慕你生活如此享受。”

“你一而再、再而三那样说，印子，跟我返旧金山，你大可继续升学，我找一份工作，替你缴付学费。”

印子低下头笑，怎么可能。

深褐色的印度墨画在她雪白的脚背上十分瞩目。

裕进说：“褪色的其实不是墨水，而是皮肤表层新陈代谢剥落，连图画也一齐脱掉。”

她伸直了脚仔细看：“好漂亮，谢谢。”

“还有一只呢？”

“一只已经足够。”

“那么，连脚底也画上，从此，邪恶的神灵不会威吓到你。”

笔尖接触到足底，印子觉得痒，轻轻笑了起来。

裕进忽然明白，这会是他终生难忘的一刻，将来，即使他四十岁、五十岁了，事业成功、婚姻美满、妻子贤淑、孩子听话，但是他心底深处，必定忘不了有一年某一日，在一间书房里，他用指甲花制成的印度墨，在一个叫印子的女孩脚底画上图案。

他有点儿茫然。

“啊。”印子发觉脚底中央有一只眼睛。

“它会帮你看清前路。”

印子笑笑答：“穷女有什么前途，不外是走到哪里算哪里。”

裕进斟两杯冰茶进来：“有志向便不算穷。”

印子笑：“认识你真叫我高兴。”

她一口气喝尽冰茶。

又说："我永远会记得在这间书房里度过的好时光。"

裕进忽然鼻酸："你也永远记得？"

两个年轻人紧紧拥抱。

"印子，让我们私奔，不顾一切，最多一起饿肚子。"

印子忽然咯咯笑起来。

他们听到一声咳嗽声。

接着，用人问："裕进，你同朋友是否留下吃晚饭？"

印子说："不，我还有事。"

"你又去哪里？"

"我约了人谈拍片合约。"

裕进一怔："你可是要做明星了？"

"十画还没有一撇，电影市道迹近消失，谈管谈，未必有什么结果。"

"抱最佳希望，做至坏打算。"

"裕进，你的话我最爱听。"

裕进帮她穿上鞋袜。

印子忽然说："裕进，有一日，我们都会变，变得自己都不再认识自己，但我仍会记得，你曾经对我那么好。"

裕进轻轻说：“只有聪敏如你才善变，愚鲁的我将会依然故我，永远爱你。”

“永远？”

裕进点头。

印子骇笑：“那会是很长的一段日子。”

裕进说：“也不是，我平凡一生转瞬即过。”

印子伸手抚摸裕进脸颊：“你的智能叫人难明。”

“我送你回家更衣。”

“还得换衣服？”

“去谈合约，穿考究一些占便宜。”

那天，印子绾起头发，换上一件吊带裙，配凉鞋。

到了大酒店门口，她走上大堂石级，差些与一个中年男人相撞。

印子身手敏捷闪开，那人也不以为意，只看着地下。

忽然之间，他看到雪白足背上的瑰丽图案，不禁一怔，再抬头，伊人苗条身形已经远去。

中年男子身边的助手立刻轻声问：“可要打听那是谁？”

那男人没有回答。

雪白足背上的花瓣图案已深深印进了他的脑海。

那一边裕进到天祥广告公司去找袁松茂。

小袁正在忙，摄影室里有两个身段玲珑的泳装丽人正在拍照，工作人员额角上淌着亮晶晶的汗珠。

“什么，只得啤酒？没有刘印子，就没有大赠送。”

裕进逗留一会儿离去。

袁松茂追上来：“找我有事？”

裕进轻轻说：“印子原来不姓刘。”

“她们这一票女孩子身世极复杂，二十年前母亲一时兴奋，嫁了洋人生下她，分手，又再同另一外国人生一个，全家不同姓氏。”

“一定很不好受吧。”

“习惯了，照样过日子。”

“为什么一味挑外国人？”

“贪他们年轻时神气呀，就没想到头秃得快，肚腩以倍数增加。”

裕进不出声。

“你没看出来？若非混血儿，哪里有如此健美体格，这般茂盛毛发。”

裕进抬起头想一想：“你说她会不会跟我走？”

松茂听到这里，已经不敢再笑，他郑重地说：“人家刚开始赚钱，怎么会考虑到归宿。裕进，你搞错对象了，现在不是时候，再过十五年吧。”

“可是，她的道路是那样凶险……”裕进说。

“总得闯一闯，红起来，名成利就，星光灿烂，万人称颂。”

“是吗？我还以为只有伟大文学家及科学家才有此殊荣。”

“裕进，你在外国住久了，本都市只重视金钱及艳色。”

裕进说：“我不相信。”

“你这蠢人！”

第二天，裕进问邓老师：“是真的吗，这真是如此肤浅变态的社会？”

“裕进，月亮有两面——善与恶、光与黑，凡事怎可一概而论。”

裕进又问：“人为什么要求成名？我就从来没想过，我享受做一个普通人。”

邓老师笑：“你同永婷一样，天性淡泊，是少数有福之人。”

永婷正在书房另一角帮老师收拾字画，听到自己的名字，抬起头来："说我？"

邓老师说："早十多年，我学习写作，也希望成名……"

裕进与永婷异口同声问："作家？"

"是呀，结果成名的是另外一些人。"

两个年轻人笑了。

照说，他俩有许多共同点，应当可以走在一起，但是，却欠缺课室以外的缘分。

邓老师有一丝尴尬："非常努力，也取不到效果，由此可知，能享名气与否，也是注定的事。"

宽大的书房里幽静阴凉，一室白兰花香，在这般环境里谈名利，一点儿也不切身，舒服到极点。

对刘印子来说，出了名，就多人找她工作，能叫更高价钱，同实际生活有很大关联。

那天，回到家，累得倒在床上。

她母亲过来问："结果怎样？"

"导演说'有出浴场面'。"

"光是洗澡没有关系。"

"是男女一起洗，我已经推辞。"

"最惨是你不做，立刻有人抢来做。"

母女说话直接坦白，像两姐妹。

“你找个圆通一点儿的经理人吧。”

印子说：“扣掉佣金，更不见用，我还是自己来的好。”

“老是接不到高档工作。”

“我还有时间，不急。”

她母亲却说：“我住在这两间铁皮房里已有十年，真怨尽怨绝。”

印子把一只手搁在母亲肩上。

电话响了，印子过去接听，说了几句。

“谁，又是那个学生？”

印子不出声。

“你少在那种大男孩身上浪费光阴，他连自己都养不活，肯定向家里伸手，能帮你什么？”印子母亲说。

印子微微笑：“可是，陈裕进是一个高尚的人。”

“你爱他？”

“不，我们只是好朋友。”

“他叫我刘太太，真好笑，下次请告诉他，我姓蓝，叫我蓝小姐就可以。”

可是在陈裕进单纯的世界里，只有二十多岁的女子才叫小姐，其余的，都是太太。

电话铃又响，这回，蓝女士抢着去听，没一会儿，她的表情忽然恭敬起来：“是是是，印子，是孟小姐找你。”

印子一怔！孟如乔还找她干什么？

“喂，是印子吗，好久不见，想同你吃顿饭，明天七时到沙龙见好吗？”语气若无其事，似老朋友。

印子赔笑：“我希望孟小姐有工作介绍给我。”

“工作？有呀，把张永亮导演也叫出来可好？”

印子心中有个疙瘩。

挂了电话，她同母亲说：“我不去了，你帮我推掉。”

蓝女士看着女儿：“出去亮亮相，露露脸，人家也好知道有你这个人。”

印子微笑：“这就叫作抛头露面。”

“许多名媛也天天争取这样的机会，衣服越穿越少，表情越来越淫。”

印子也笑：“业余好手不容轻视。”

“去吧，吃顿饭，聊聊天，她能把你怎样。”

印子改向裕进求助。

“孟如乔请我吃饭，你可否送我去？然后，四十五分钟之后，来接我走。”

裕进笑：“没问题，只是这样一来，人人都知道我是你的男朋友了。”

“我还求之不得呢！”

就这样说好了。

那天，印子没有刻意打扮，头发统统束起，抹了点儿紫红色胭脂，穿一条深蓝色裙子。

奇怪，孟如乔比她早到，同桌还有一个年轻男子，看到印子，立刻站起来。

只有三个人，已经叫菜叫酒，可见没有别人。

年轻人叫王治平，是一个唱片公司合伙人，十分斯文有礼。

“我们正在找新人。”

“市道不好……”孟如乔这样说。

“总得吃饭。”

气氛有点儿僵，孟如乔盛妆，可是看上去有点儿憔悴，皮肤些微光彩也没有，姿色同三年前是不能比了。

印子心软，对她分外客气。

喝了两杯，孟如乔有点儿牢骚，那位王先生说要打个电话，借故走开。

孟如乔说："印子，陪我去补妆。"

印子从前是她的助手，这种事做惯做熟，她不介意。

孟如乔脚上穿四寸细高跟鞋，手搭在印子肩上才站得起来。

孟如乔在化妆间细细补粉："咦，香烟落在桌上。"

印子出去给她拿烟。

看看手表，希望裕进快来接走她。

回程经过走廊，看见那个王治平背着人在讲手提电话。

是这句话吸引了印子——

"真人比上镜头还要漂亮。"

这是说谁？

"全身皮肤光洁如丝，没有一个疤一点斑。"

声音很低，但是印子耳尖。

她浑身汗毛竖了起来，这明明是在说她，裕进怎么还不来？

"脾性也好，丝毫不觉骄矜。"

听到这里，印子有点儿害怕。

"你马上就来？好，我设法留住她。"

这时，孟如乔走出来，嗔怪印子：“你到哪里去了？”

那王治平立刻收起电话，一脸笑：“我们去喝咖啡。”

印子答：“我不去了，我还有事。”

孟如乔怪讶异的：“向妈妈抑或男朋友报到？”

印子尴尬地笑：“我实在累了。”

那王治平说：“那么，我们在十分钟内谈妥合约。”

“合约？”

这两个字是天大的引诱。

“对，”他微微欠身，“唱片合约，我们翡翠公司决定用你，将捧你成名。”

印子大奇，内心恐惧、顾忌稍减，她说：“我从来没唱过歌，我声线很弱。”

他笑：“有几个歌星靠声量成名。”

孟如乔叹口气：“听，听，人就是这样走起运来。”

假如陈裕进在这个时候出现，印子会毫不犹豫地跟他走，可是，他迟到了。

印子被孟如乔及王治平一左一右挟住走到咖啡厅去。

王治平二话不说，取出一张合约，放在桌上：“刘小姐，你回去仔细看一看。”

印子一看，见合同上乙方的名字是她身份证上的马利亚·罗兹格斯，可知人家一早有备而来。

接着，她看到月薪数目，怔住，数一数零字，竟是整数十万。

印子抬起头来，她们母女三人一切烦恼将因这张合约解决，怎么会有这样好事？

连孟如乔都说：“印子，你怎么谢我这个中间人？”

印子茫然。

王治平说：“印子，公司还会提供住屋及车子给你，直至三年合约完成。”

孟如乔说：“我是你，立刻签上大名，印子，你走运走到脚底板了。”

王治平说：“翡翠公司声誉不错，印子，相信你也听过，你还未成年，得请家长加签。”

印子手里拿着这张合约，注意力完全被夺，丝毫不觉邻桌已多了一个陌生男子。

那人小心翼翼地看着她，呵，这笔投资非同小可，值得吗？得看清楚。

这个陌生人从未见过像印子那样好看的少女，皮肤白得晶莹、眉目如画，神情有点儿忧郁，她的手腕与足踝像是上帝心情特别好的那一日用心塑造，精致纤细，背部线条像一个流利的V字，悦目到极点。

他心中有数了，朝助手王治平使一个眼色，静静离去。

过不到几分钟，王治平的手提电话又响起来，他“嗯”了几声：“知道，知道。”

他满面笑容：“印子，我送你回家去。”

印子这才想起：“我有朋友来接。”

王治平笑笑：“他迟到了，海旁大路上有交通意外，车辆挤塞得很，由我送你吧。”

印子点点头。

孟如乔也同车，牢骚很多，正好，印子可以乘机不出声。

先送印子，临下车，王治平随口问：“印子，你喜欢什么牌子的汽车？”

印子回答：“家母喜欢平治[1]。”

他笑了，送印子下车，替她按门铃。

他早已将刘印子的底细打听得一清二楚，他知道她们

[1] 平治：又译为奔驰（Benz），德国汽车品牌。

母女住天台屋里。

“明日有空，接你去参观宿舍，在梅道，你会喜欢。”

“啊。”

梅道是她做小学生时到山顶旅游时乘缆车经过的一条路，遥不可及，印象中只有外国人及神仙才住那种地方。

“明天上午十时半来接你及蓝小姐。”

王治平转身走开。

印子先发了一阵子呆，然后，吸一口气，用最快的脚步冲上楼去，她要第一时间把这件事告诉母亲及妹妹。

王治平回到车上，看见孟如乔摊大手掌。

他有点儿厌恶，但是不露出来，轻轻说：“周先生不会亏待你。”

孟如乔缩回了手，咯咯笑：“你我联手把清白少女往火坑里推，该当何罪。”

王治平淡淡说：“她原本已活在油锅里，出来散散心也好。”

车子驶走了。

回到家，印子把合约摊开来。

她母亲兴奋地说：“明日一早去找律师研究清楚。”

电话来了。

听到裕进的声音，像是从另外一个世界传来，她没有怪他，只是问："你到什么地方去了？"

"交通意外塞车，我现在才赶到沙龙，他们说你已经走了。"

"我已到家，改天再谈吧。"

"对不起，印子——"

"没关系。"

她挂上电话，淋浴上床。

母女同睡一房，多年来，呼吸声都听得见。

印子枕在双臂上看着天花板，明日开始，就得学唱歌了，老板叫她唱什么便唱什么。

她闭上眼睛，不知为什么流下泪来，那无论如何都不是快活的眼泪。

天很快亮了，母亲催印子起床。

"翡翠王先生打过电话来催，说十点半来接我们。"

罗萨萝在一边闹："我也去看新房子。"

印子静静地梳洗换衣服。

母亲在一边，忽然握住她手臂抚摸，低声说："印子，全靠你了。”

印子转过头去笑了一笑。

王治平的车子准时来接，他这人不卑不亢、斯文有礼，相当讨人欢喜。

车子一转上山，环境完全不同，都市的浮躁不安仿佛都限在山脚，山上又是另外一个世界。

蓝女士难掩兴奋之情，手心冒汗，她不相信这是真的，一夜之间，可从腌臜的凡界迁上天庭。大厦门口停着一辆白色房车，司机看到王治平立刻下来把车匙交上。

王治平恭敬地转交给蓝女士：“这是公司车。”

那中年太太觉得是在做梦，强作镇定，跟着王治平走进豪华大厦大理石大堂。

他们乘电梯到甲座大单位，门一打开，印子倒吸一口气。

她立刻决定签合约：水，水里去，火，火里去，一切都值得。

整个客厅落地窗对牢湖水绿海港，她不由得走近玻璃，贴近，观看蓝天白云。

罗萨萝欢呼尖叫：“姐姐，姐姐，几时可以搬进来？”

全屋都是精致大方的家具，连床铺、被褥、毛巾、肥皂都已准备好，像豪华酒店设备。王治平把门匙交给印子的母亲。蓝女士双手颤抖，接过那串锁匙，握在手心中。

罗萨萝却去打开衣柜："姐姐，来看，衣柜里满是漂亮衣裳。"

蓝女士满心感激："你们太体贴了。"

从来没有人为她们母女做过什么，十多年来，她们胼手胝足，挣扎求全，都靠自己。

王治平微笑："有什么事，尽管吩咐，我先回公司。"

"可是，合约呢？"

"呵，不急，看仔细再签好了。"

他竟开门走了。

印子开了长窗，到露台呼吸新鲜空气。

身为混血儿，自幼遭生父遗弃，母亲改嫁，又生一女，最后还是分手，家贫，她从来没好好呼吸过。

三个人都没再去理会合同里说些什么。

罗萨萝每晚睡折床，淋浴，不过是一个水泥坑加一条胶喉[1]，今日忽然看见一间小小套房，淡苹果绿墙上画着一

[1] 胶喉：指橡胶水管。

座睡美人堡垒，纱帐床，白色地毯，附设私人浴室可以浸浴，不禁又一次尖叫起来。客厅插着鲜花，厨房里有大盘水果，有人神机妙算，算准了她们三母女今日一定会搬进来，逃不出五指山。

印子听见母亲说："我们立刻回去收拾东西。"

她妹妹说："我不去，我决定留在新家，我会转学校，换朋友，改名字。"

印子不出声，走到大梳化[1]，坐下来。

电话来了。

是王治平："抱歉，忘了同二小姐说一句，已经替她在美国国际学校报了名，暑假后升读第十班。"

印子脱口问："翡翠对每一位歌星都这样妥当？"

对方沉默一会儿："当然不。"

"我例外？"

"你有潜质。"他笑。

印子也笑，挂了电话，去看妹妹，发觉罗萨萝在纱帐床上睡熟，而母亲津津有味地在休息室看电视。

---

[1] 梳化：又译为沙发。

都不愿意走了。

印子说："我出去一会儿。"

在门口，碰到一个挽着菜篮的女佣。

"我叫阿新，王先生叫我来帮手，每天上午十时到，下午六时走。"

都想到了，没有一件遗漏。

印子却一个人乘车去找陈裕进。

陈家祖母来开门："咦，印子，裕进去上中文课。"

"有地址吗？我去找他。"

"你有急事？"

印子点点头。

"不如你进来等他，我打电话叫他回来。"

"不，我去他那里比较快。"

"老师住牡丹路三十号二楼。"

印子礼貌地道谢，转身匆匆离去。

她赶到牡丹路，才想伸手按铃，有两个中年妇人出来，上下打量她。

"咦，"一个说，"这不是象牙香儿小姐吗？"

"真人更漂亮。"

印子苦笑，朝他们点头打招呼。

待两个太太一转身，印子便按铃。

裕进正上课，试用普通话与邓老师讨论李白生平，忽然对讲机传来印子的声音："请问陈裕进在吗？"

他整个人跳起来，以为是做梦。

邓老师一看就知道谁来找。

"我马上出来。"

他丢下唐诗与李白就往外跑。

老师说："今日到此为止。"

"谢谢老师。"

裕进一溜烟似的消失在门口。

老师忍不住，轻轻走到露台往下看。

是她了，年轻人为之倾心的可人儿，只见大眼睛的她朝他不知说了什么，他轻轻拥抱她，把下巴放在她头顶上喃喃安慰。

然后，他俩踱步离去。

印子轻轻说："真没想到，一夜之间会有那样大的变化。"

"这也许是人们口中千载难逢的机会。"

他们在小公园的长凳上坐下来。

“裕进，我看过一篇小说，故事里有一对相爱的年轻人，可是，那女孩要到火星的卫星德莫斯去发展事业。”印子说。

“呵，是一篇科幻小说。”裕进说。

“不，裕进，我要去的地方，同火卫德莫斯的凶险没有什么分别。”

“那么！”裕进握紧她的手，“不要去，跟我到三藩市升学，让我照顾你。”

印子不出声。裕进只得问：“故事后来怎么样？”

印子惨笑：“离别的晚上，他承诺无论事情如何变化，他都会永远爱她。之后，他失去她的音讯，只辗转听说，在那个人吃人的罪恶卫星，她混得不如意。”

“他有寻找她吗？”

“有，一直托人传出消息：‘回来，回来，我照样爱你。’一日，她来至她的门口，她回来了！”

“啊！”

“她呜咽地说：‘我已经变了，变得你不再认得我。’‘不，’他坚决地说，‘我永远爱你。’他打开门——”

裕进紧张地问：“怎么样？”

印子用手掩住脸："门外有一只肮脏的小动物，是一只浑身血污的狗。可是，它抬起头来，那脸，却是那女孩的面孔。裕进，在德莫斯，他们竟把她的头接到狗身上去玩！"

"可怕！"裕进叫出来。

"裕进，我怕我也会变成那样。"

"印子，那不过是一个科幻故事。"

"不，裕进，这都是真的。你看孟如乔，好端端一个人，三年之内，酗酒、服毒、狂赌、日夜颠倒，时时狂歌当哭，她快变畸胎了。"

印子呜咽起来。

裕进不住用手拍她的肩："跟我走吧！"

"不，裕进，不是我一个人的事。"

裕进又问："故事结局如何？"

"他看仔细了她，把她轻轻抱在怀里，坚决地说：'我永远爱你。'"

"呵，他遵守了诺言。"

"在小说以外的现实世界里，恐怕不会有这样结局，她已变成妖魔鬼怪，还有谁敢接近她。"印子落下泪来。

“但是，你仍然决定去那个德莫斯。”

印子苍白地说：“是。”

“你决定闯一闯。”

“是，我不甘心，我要战胜我的出身。”

“读好书，做一份工作，逐年升上去，也可以打胜仗。”

“那是你的世界，太迟了，我等不及了。”到这个时候，再笨的人，也知道刘印子是来道别的。裕进握住她的手，放到脸旁。

他的胸膛之内，像是给一只无形的手，紧紧揪住，非常难受。

“你要离开我了。”他低声说。

“不，裕进，只是我要去到另外一个环境找生活，你我势必生疏。”

“事情未必有你想象中那么坏，且慢悲观。”

“不，裕进，那处只有更加可怕。”

“我不舍得你走，我情愿像从前那样，拍广告时我陪你整夜。”裕进说。

“不会了，以后我都不会再拍夜班，如果走红，他们会用最好的时段迁就我。”印子说。

“如果不红呢？”

“在这个行业，不红，比死还惨，一定要红。”

“那么，印子，祝你大红大紫。”

“裕进，让我们保持联络。”

她紧紧握住他的手，以致纤细的手关节发白。

他们终于说了再见。

印度墨

叁 ·

命中注定有的东西，
自然会送上门来，
否则，钻营无益。

印子缓缓离去，裕进没有送她，印子这次是去火星的卫星德莫斯，裕进无能为力。

她脚上印度墨画的图案尚未脱落，她踏着那斑斓的蔓藤图案向另一条道路走去。

那夜，真是裕进一生中经历过最长的一夜，睡了又醒，醒了又睡，十多二十次，天还未亮，最后一次起来找水喝，祖父含笑看着他。

“折腾整晚，为着什么？”

裕进用手搔头，憔悴地坐下，祖父递一大杯黑咖啡给他。

裕进庆幸两祖都那样了解体谅他。

祖父揶揄他：“少年裕进的烦恼。”

裕进自嘲：“超龄少年。”

“这是所有少年必经道路！刻骨铭心的恋爱，伤心欲绝的失望。”

“祖父，都被你说中了。”

“都是无可避免肯定会发生的事，我记得一首童谣这样说：‘校工校工，放弃希望，我们拥有的墨，多过你的洗刷。’墙壁一定有涂鸦，少年一定要恋爱。”

裕进笑出来。

“不过，”祖父纳罕，“是什么厉害的对手抢走那女孩呢？”

“不是一个人，是她的事业。”

“啊，”祖父点头，“难怪难怪，有志气。”

裕进轻轻说：“我会等她。”

祖父轻轻问：“她知道吗？”

“她一定明白。”

“已经那样有默契了。”祖父颔首。

“我会等她对名利看淡，返璞归真。”

“那可能是十年后的事呢。”

“我不介意等。”

祖父微笑，他不想泼少年冷水，十个月都太长，他才不相信裕进会等谁一辈子。

他转头去看报纸。

头版是一张大彩照，照片里的女孩子双眼是活的，像会对着每一位观众笑，标题说："翡翠新星刘印子，将在你心中留下最深印象。"

老人并不知道，这颗新星，就是他孙子心目中的可人儿。

接着的个多月，有关刘印子的宣传排山倒海涌来，有一张彩照，足十层楼近一百尺那样高，悬挂在游客区的商业大厦墙壁上。

裕进特地到对面马路去眺望。

照片中的印子被打扮成洋娃娃那样，可爱得不得了，但是，裕进觉得她真人更加好看。

她有电话来："我都不敢走过那幢大厦。"

"为什么？"

"看到自己的照片放得那样大，像个头号通缉犯，多么可怕。"

"唱片销路可好？"

"今晚办庆功宴，招待记者。"

"这么快？"

"时间才是最大敌人。"

“我买了一件礼物祝贺你，已叫人送到你家。”

“裕进，不用客气。”

“小小一点儿心意。”

门铃响了，妹妹罗萨萝去应门，捧着一大盒礼物进来。她蹦蹦跳跳地说：“又有人送水晶花瓶。”

印子趋前一看，见是裕进笔迹，忙不迭拆开看。盒子里是一个座台单镜头望远镜。印子母亲走出来看见：“咦，这是什么玩意儿？”

印子还未出声，罗萨萝已经抢着取过说明书读出来：“创新手提电子天文望远镜，可看到四亿光年范围的苍穹里去，轻易寻找一万四千个星座……”

蓝女士失笑：“神经病，谁送那样的东西来？”

她忽然看到女儿表情里的一丝轻柔，心一动，冲口而出：“呵，我知道了，是那个大学生。”

印子细细观察那个望远镜。

蓝女士试探地问：“你同他还有来往？”印子没有回答。

母亲讨好女儿：“你自己已经是一颗明星，明星看明星，多么有趣。”

门铃又响起来。

“姐姐，是《光明日报》记者卜小姐。”

只见翡翠机构的宣传主任蒋璋郑重其事地陪着那位卜小姐进门来。

明敏的印子一看就知道那卜小姐不是省油的灯，她目光犀利，嘴角似笑非笑，带着五分轻蔑上下打量这颗新星，正想给刘印子一个下马威，忽然看到案头的天文望远镜。

“咦！”卜小姐整张脸松弛下来，“观星是你的嗜好？”

印子暗暗感激，裕进又救了她一次。卜小姐说：“我也订购了这个型号的望远镜，可是还未寄到，没想到你已捷足先登，它可以看到奥里安星座。”

蒋璋嘘出一口气：“你们慢慢谈。”

香茗、茶点，轻风徐来的大露台，卜小姐愉快地访问了新星。

题目已拟定叫《内心闪烁的刘印子》，罕有的赞美，戒除时下记者对明星的挖苦、讽刺、描黑。

蒋璋向老板报告：“他们喜欢她。”

“那多好。”

王治平贴在老板左边，轻轻说：“她已经出名了，现在，只需巩固名气。”

“电影几时开镜？”老板问。

“下星期一。”王治平答。

“尽公司力量把她捧红。”

“明白。”

王治平犹疑一刻，讨好地问：“是见她的时候了吗？”

“再迟一些。”

“迟到几时？”

“影片拍到三分之一，再安排见面未迟。”

是，那个时候，退出已经太迟，只得顺从。

多么阴毒。

那天晚上，蓝女士叫住女儿：“印子，有事找你商量。”

自从印子当家之后，她的口里客气得多，嘴角含笑。

印子淡淡转过头来：“又是说钱？”

“唉！真是……”她居然有点儿不好意思。

“怎么样？”

“印子，如今你已有固定收入，仍然三五千那样付我家用，好不琐碎，我想，不如把入息分一半出来给妈妈——”

“一半？”

“我还得负责妹妹的生活费用呀。”

印子看着母亲，目光炯炯，蓝女士不禁有点儿畏惧。这孩子对母亲的要求，从未试过婉拒，今日是怎么了？

她忽然听见印子清晰地说：“不，那百分之五十我得用来储蓄，等足够数目，我会回到学校去。至于家用，我拿多少出来，你收多少，如果不满意，可以同妹妹搬出去。”

蓝女士怔住，她没想到印子会讲出这么严厉的话来，并且立刻给母亲一个不是选择的选择。

“但是——”

“我给你多少就是多少。”印子斩钉截铁地又说了一次。

她母亲立刻退回卧室。

印子握紧拳头：有钱了，有声音，有主见。

否则，什么都不必讲。

她并没有用那个天文望远镜来观星，每天回家，都累得忙不迭爬上床，做梦还念着对白台词，她做不到导演的要求，常看脸色，越是努力越是僵，她知道背后有工作人员说从未见过那样漂亮的笨女，这叫她更累。

她同陈裕进诉苦：“真辛苦。”

“可是，也一定满足。”

“不，我不快乐。”

裕进有点儿诧异，这不是她坚决要走的黄砖路吗？

“不同你说了，明日一早外景。”

彼此都有隔膜。

祖母见他挂上电话，过来问：“是同妈妈说话？”

裕进只是赔笑。

“暑假快过去，中文也学得颇有成绩，父母催你回家啦。”

“我想多留一年。”他鼓起勇气。

“什么？”

“我会找个硕士班读。”

“裕进，为着某个初相识的女孩子牺牲宝贵时间并不值得。”

祖母没好气：“与你十二岁时爱上一双溜冰鞋一样。”

裕进不想分辩：“是，不同年纪，恋上不同对象。”

祖母伸手捧住他的脸：“我可不理，你是我的孙子，不属我的责任，我永远溺爱你。”

裕进紧紧握住祖母的手，他是个幸运儿。

“我得留下来，她需要我的时候，我会在她身边。”

祖母不再说什么。

凭经验，老人家知道，她需要他这种机会已经很微。

第二天一早，印子起床准备出发工作。

助手阿芝上来按铃，印子把化妆箱交给她。

下得楼来，刚想上车，有人在背后轻轻叫她："马利亚。"

谁？印子浑身汗毛竖起来。

她转过头去。

助手阿芝比她更警惕，立刻把印子推上车，锁上车门，叫司机开车。

"马利亚，是我。"

那人在车外高声叫。

印子蓦然认出了他："停车。"

她按低车窗，看清楚了这个人。

是他，是佛德南·罗兹格斯，那个葡萄牙人，青紫色脸皮，高大但佝偻，穿着稀皱衬衫，十分褴褛。

印子怔怔地看着他。

阔别了十年，现在找上门来了。

"马利亚，我知道是你，你现在可出名了。"

助手急问："这是谁？我们不方便与他多说话。"

印子忽然笑笑："这是我生父。"

阿芝大吃一惊，实时噤声。

这样猥琐的外国人会有如此精致秀丽的女儿，真是天下最讽刺的异数。

“他一早抛弃我们母女，”印子轻轻说，“现在不知有什么事。”

那外国人说：“印子，想问你借钱——”

印子打断他：“我有多余的钱，扔到海里，看它往东还是往西流，也不会给你。司机，开车。”

她把他像乞丐那样撇在路边。

车子驶出老远，阿芝踌躇地说：“他——会不会告诉记者？”这件事，恐怕要向上头报告。

印子漠然答：“我不怕。”

“记者若追究下去的话……”

“我的确出身清贫，家庭复杂，这是事实，何必隐瞒，又不是我的错，我不担心。”

“印子，你够勇敢。”

印子苦笑：“我所担心的是怎样演好今日这场戏。”

一直到现场印子都保持缄默。

那场戏是一个少女遭同伴欺压，在雨中被迫到墙角。印子忽然有顿悟，她怒吼起来，反扑撕打，用尽全力，做到声嘶力竭，对手招架不住，喊起救命，拼命逃走，印子这才缓缓蹲下，掩住一脸血污，哀哀痛哭。

导演惊讶地站起来："终于开窍了，谢谢天。"

印子浑身淋湿，冷得发抖，站起来，四肢不受控制地颤抖。

助手取来大毛巾盖在她身上。

有人递一杯热茶给她，印子一抬头，见是王治平。

他轻轻说："演得很感人。"

印子情绪尚未抽离，说不出话来。

"印子，老板来探班。"

她茫然抬起头。

王治平从未见过那样楚楚动人的面孔，不禁怔住，印子湿发搭在额上，自然形成一圈圈，脸上化妆污垢使她看上去比真实年龄更小，晶莹双眼蒙着一层泪膜。

他不敢逼视，这是大老板的人，看多一眼都是死罪。

"老板在那边。"

印子轻问："是电影公司老板？"

"是翡翠机构总裁洪钜坤。"

印子沉默。

呵，是那个支她薪水、替她付房租、为她妹妹找到国际学校的人。

“在哪里？”她抬起头。

“请跟我来。”

王治平把她带到一张折椅前，那个人一看见印子，立刻照外国规矩站起来。

印子觉得舒服，啊，并没有老板架子。

只见那中年人微微笑，双手插在口袋里，并不出声。

印子叫声“洪先生”。

洪君身上西装无比熨帖，身体语言充满自信，长方面孔，长相身形都不差。

“请坐。”他客气地招呼印子。

印子坐下，王治平退到一角。

“你演得很好。”

印子失笑，早一天她还是最漂亮的蠢女。

导演过来叫声“洪先生”：“今日早收工，印子，你可换衣服了。”

印子心底明白，他们早已串通好。

这是戏外的一场戏。

阿芝过来："印子，这边。"

印子到化妆间换上平时爱穿的大衬衫粗布裤。

洪钜坤亲自过来问："可以走了吗？"

印子回眸嫣然一笑。

中年人的精魂被那个笑脸撞散，平日运筹帷幄、英明果断的他已练得百毒不侵，这个无名的微笑却叫他想起许久许久之前，当他还在徙置区[1]天台木屋读初中的时候，一个小女同学的笑靥。

他与那女孩先后辍学，他去工厂做学徒，她——听说到一个叫琼楼的舞厅当了女招待。

这件事，到今日叫他想来还有点儿心酸，他竟怔住半晌。

印子说："可以走了。"

他想指住荆钗布裙的刘印子对全世界名媛说："看，所有华丽的名牌其实并不能增加你们的姿色。"

印子问："去什么好地方？"

"一起吃顿饭吧。"洪钜坤答。

印子已经知道那一定不会是一个公众场合。

---

[1] 徙置区：指香港为安置灾民或拆迁户设立的简陋住宅区，能以很低的租金租住。

司机缓缓把车驶过来，他亲自拉开车门让印子上车。

他早已甩掉穷根了，但今晚忽然想起，少年时挤公路车送货，被售票员用脚踢阻他上车的情况。

他比平时沉默。

车子驶到游艇会，他下车，领印子到一艘船上。

印子留意到船叫慕晶号。

“慕晶是家母的名字。”

印子没想到他是孝子，不禁看多他一眼。

“家母已八十二岁。”

他与她说起家事来。

船员接他们上船，他请印子到甲板上小坐，他自己喝酒，给印子一杯苹果汁。

船轻轻驶出海港。

印子忽然问：“你有子女吗？”

“一子一女，叫其皓与其怡，都在英国读高中，明年赴美升大学，年纪与你差不多。”

印子见他那样坦诚，倒也觉得舒服。

“多谢你扶掖。”

他欠欠身：“公司靠你赚大钱呢。”

印子笑了："翡翠捧哪个都是明星。"

"呵不，观众十分喜欢你，这一点儿勉强不得。"

"你的援助，解决了我的窘境。"

洪钜坤倒也感动，这女孩知道好歹。

吃的是西菜，精致，但淡而无味，小小碟，也吃不饱。

他忽然吩咐侍者几句，没多久，一盘香味四溢的烤牛肉捧上来。

他笑说："医生叫我少吃红肉，我戒不掉。"

肉半生，切下去，淌出血水。

印子可以想象他对付商场上对手，大抵也是这个样子：活生生吞下肚子。

"妹妹喜欢新学校吗？"

"她非常开心。"

印子有点儿松懈，她在甲板上伸了个懒腰。

洪君脱掉了西装外套，索性连领带也解下。

其实，他俩身世有许多相同之处。

他说："咦，你脚上的图案呢？"

"洗脱了。"

"是印度民族风俗吧。"

“是，一个朋友替我画上的。”

洪君试探地问：“是男朋友？”

印子否认：“我没有男朋友。”

他笑：“我又不是娱乐记者。”

印子答：“我的确没有男朋友，有什么瞒得过你的法眼呢。”

这是真的，对她一切，他知道得十分清楚。

他看看手表：“时间不早了，我送你回家。”

印子也有点儿诧异，他们竟然谈得那样投契，一顿饭吃了两个钟头。

船缓缓驶回去。

海湾停泊着许多白色的游艇，有人看见慕晶号，便笑说：“那艘是洪钜坤的船。”

一个年轻人转过头来：“都会里太多巨富。”

他正是陈裕进，陪祖父母到朋友船上散心。

“暴发户多得很，”船主感喟，“游艇注册号码已达五位数字了。”

“这个洪钜坤，很有点儿名气。”

“是，”船主掩嘴笑，“真有他的，特地成立了电影及唱片公司来捧女明星。”

“这样劳民伤财？”

“可不是，最新对象，叫刘印子，才十多岁。”

陈裕进怔住。

再看时，那艘慕晶号已经远去。

他站在晚风里发呆，许久不动。

慕晶号上的印子却不知道她与裕进擦身而过。

她只庆幸洪钜坤当天没有进一步要求。

他静静把她送回家中。

印子累得虚脱，进门，隐约听见母亲在偏厅搓牌，妹妹在电话中与小朋友咕哝地不知说些什么，看表面，也就是一个正常的家。

她卸妆淋浴，裹着毛巾，倒在床上。

印子睡着了。

不知过了多久，醒转来，看见母亲在床头翻看她的剧照。

“醒了？”她似有话要说。

印子套上睡衣。

“猜今天我看见谁。”

印子心中有数。

“是你父亲，找上门来，求助。”

印子不出声。

“我请他进来，叫用人斟茶、切水果招待他，真痛快，等于告诉他：看，当年你若没有欺骗及遗弃我们母女，这个家你也有份。”

印子仍然不声响。

“今天工作很辛苦？”

她摇摇头。

“你放心，我没有给他钱，我对他说：待你百年归老，印子一定会替你安排后事。”

印子忽然说：“这样，他会憎恨我们。”

蓝女士哈哈大笑起来，声音像受伤的狗：“你怕吗？”

印子淡淡说：“我才不怕。”

“我唯恐那乞丐不知我有多讨厌他。”

印子也笑，她知道此刻的她也像母亲那样，扭曲了整张脸。

“睡吧。”

印子熄了灯。

第二天，坏事就发生了。

拍完戏，与阿芝一起收工，本来已经上了车，忽然想起落了外套，叫阿芝回头去找。

就在这个时候，有两个人围上来，一左一右拉着印子手臂，另外一个女人蹿出来，拼死力一连噼里啪啦掌了印子十来记耳光，一边狠狠地咒骂：“你胆敢抢我的男人！”

印子一时只觉晕眩，双颊麻木，嘴与鼻都流出血来，可是仍然懂得挣扎，大声叫喊求助。

司机扑下车来，挥舞大螺丝起子当武器喝退那两个男人。

那女子见已经得逞，第一个上车逃走，两个大汉接着也跑脱无踪。

阿芝出来看见印子跌在路旁，惊得呆住。

想来扶起印子，被她一手推开。

印子跌跌撞撞，上了司机位，自己把车驶走。

她没有回家。

她把车直驶往唯一的朋友家。

半途中她呛咳、呕吐，羞耻得想把车驶下悬崖，挣扎着，抵达裕进的家。

那时，裕进在房里与计算机弈棋，大获全胜，他握着拳头说：“下一步就与深蓝斗。”

电话响了。

他顺手接过："喂？"

那边没有声音。

裕进诧异："喂，是谁，怎么不说话，是松茂吗？"

仍然没有回音。

裕进几乎要挂断了，却听见吸气声。

接着，沙哑的女声说："裕进，是我。"

"印子！你在什么地方？"

"我受了伤。"

"我立刻来接你，你在哪里？"

"我已不似人形。"

裕进急得鼻子发酸："印子，我永远是你朋友。"

她呜咽："我就在你家门口。"

裕进摔下电话奔下楼去，打开门，只见一团小小动物似的物体蜷缩在门口。

他蹲下扶起她，印子不肯抬头，裕进捧起她面孔，触手全是腻答答的血水。

他脱下外套裹着她，一声不响，把她载到相熟医生处。

印子整张脸浮肿，眼底瘀黑，伤得比想象中严重，苏医生出来一看，“嗯”的一声，立刻着她躺下。

检查完毕，他轻轻说：“暴徒手上戴着铁环，目的是要重创头脸，我们最好通知警方。”

“不——”

“这是一宗严重袭击伤人案。”

裕进说：“苏医生，请立刻诊治。”

“鼻骨已碎，我需通知整形科的郑医生。刘小姐，我实时安排你入院。”

裕进紧贴跟着印子，只拨过一次电话回家同祖母说：“朋友有事，我在医院，今晚不回来了。”

接着问印子：“可要通知家里？”

印子摇头。

手术到凌晨才结束，病房静寂一片，忧伤中的裕进在读十四行诗。

印子醒来，辗转：“口渴……”

裕进挤柠檬汁进她嘴角。

印子忽然微笑，爆裂的嘴角缝了针，像一只苍蝇停在那里。

“你看，裕进，我果然已经不像人了。”

鼻梁上蒙着纱布，看上去真的挺可怕。

“是谁伤害你？”

印子摇头：“不知道。”

“一定恨你。”

“裕进，”印子忽然握住他的手，“带我去旧金山读书。”

裕进不假思索地回答：“出院后我们立刻动身。”

印子到这个时候才流下泪来。

裕进紧紧拥抱她。

他轻轻念其中一首诗：“有人诬毁你并非你的缺点，中伤之词从不公允，谁怀疑你的美姿，如乌鸦含怨……”

印子把脸靠在裕进胸膛上。

到这个时候，她失踪已超过十二小时。

翡翠机构里只有总裁室有灯光。

洪钜坤铁青着脸坐在一角，一杯接一杯喝着苦艾酒，他没有骂人，可是看得出动了真气。

“人呢？”

王治平低声答：“还没找到。”

“她面孔受了重伤，不迅速医治，会造成永久伤痕。”

“已经到处发散人去寻找。”

“凶手肯定是杨嘉雯？”

“司机阿孝看得一清二楚。”

洪君沉默一会儿：“把这个女人送走，叫她移民到加拿大去，我这辈子都不要再看见她。”

“是，我立刻通知陆律师。”

“刘家可知印子出了事？”

“她们不关心，她母亲在外打牌未返，妹妹趁周末，在同学家玩。”

洪君叹口气，可怜的刘印子，他无比内疚。

“叫阿芝来问话。”

阿芝衬衫上还染着血渍，到底是个精灵女，已经镇定下来。

“阿芝，你想一想，刘小姐可有什么朋友？”

阿芝坐下来，细细追思：“好似有一位姓陈的旧同学。”

“是男是女？”

“是男生。”

“叫什么名字，住什么地方？”

“这就不清楚了。”

洪钜坤吩咐王治平：“去向郭侦探求助，这件事全体好好守密，事后不会亏待你们。阿芝，你先支取奖金。”

他用手捧着头。

这时，王治平听了一通电话。

“老板，是杨嘉雯。”

洪钜坤疲倦地抬起头来：“我不在，对她来说，我永远不在。”

王治平转过头去，对电话说了几句。

隔了一会儿，王治平又听了一通电话。

“老板，是大小姐长途电话。”

他摆摆手：“有事，同她母亲说。”

他决定回家休息。

半夜，他惊醒，背脊被汗湿透，嘴里喃喃叫“印子”，呵，从来未试过那样牵记过一个人，他担心她的伤势。

第二天清早，私家侦探的电话来了。

“坤兄，你要找的车停在宁静路十七号陈家门口；你要找的人，经苏更生医生诊治，已出院在上址休养，并无大碍，请放心。”

“陈家？”

“是一户正当人家，小康，三代都是读书人。”

“啊。”

私家侦探忽然笑起来。

“小郭，别笑我。”

“这种时候，也只有我敢揶揄你。”

“小郭，你我永远是好友。”

“坤兄，美少女多的是，别影响名声及家庭。”

“我明白。”

“小心驶得万年船。”

“多谢忠告。”

但是他的心已经飞了出去，立刻吩咐司机备车。

妻子与他早已分房，他行动不会惊动家人。

他打算亲自去接印子回来。

洪君打电话给王治平。

“把旧山顶道的房子收拾出来让刘小姐住，请伊芬·爱伦好好装修；把阿佐调给她做司机，他会空手道，安全得多。还有，叫标格利[1]送几套首饰来。”

“找到刘小姐了？”

---

[1] 标格利：又译为宝格丽（BVLGARI），意大利珠宝品牌。

“是，她无恙。”

连王治平都松口气，他听得出老板内心忐忑，这真是前所未有的事。

平日，面对商场敌手，牵涉到数十亿款项，以及公司声誉，他都不会露出蛛丝马迹。

洪钜坤找到陈家去。

在大门口，他碰见刚打算出门的二老。

“咦，”老太太问，“你找哪一位？”

假使找裕进，年纪不对，不像是孙子的朋友，这中年人好面熟。

洪钜坤见两位清癯整齐的老人家向他问话，不敢怠慢，毕恭毕敬地说：“我找刘印子小姐。”他不过做生意手段辣一点儿，并非野人。

“啊，裕进陪印子看医生去，很快回来，你请到会客室稍候。”

“谢谢两位。”

老先生同妻子离去。

洪钜坤走进屋内，一抬眼就觉得舒适雅致，暗叫一声惭愧，原来天下真有品位这回事，相形之下，洪宅布置不折不扣属于暴发户。

他轻轻坐下，用人斟上香茗。

一向只有人等他，哪里有他等人。

洪钜坤一眼看到书架上放着一个大型透明球体。他走近一看，哎呀，大球套着小球，小球呈蓝色，分明是地球，大球透明内壁画满星座，代表苍穹，这是一座星座仪。

印子家里那具天文望远镜，也是同一年轻人送的吧。

正在这个时候，他背后有人说："这仪器上包括宇宙八十八个星座，可以调校到我们所在地的时间、日期，即使在南极洲，也能够知道抬头可看到什么星座。"

洪钜坤转过身子，看到一个高大俊朗、孩子气未除净的年轻人。

"但是，"他接着说，"洪先生这次来，不是与我谈天文的吧？"

"我来找印子。"

"印子在医生处复诊，稍后返来。"

"她伤势如何？"

"严重，还需数星期才可复原。"

半晌，洪钜坤问：“你知道我是谁？”

裕进点头：“我十分清楚你是谁。”

洪钜坤对这个年轻人说：“我也知道你认识印子在先。”

裕进责备他：“你没好好照顾印子。”

“我致歉，我负全责。”

“她心灵上受到的伤害也许永不痊愈。”

洪钜坤不出声。

“印子与我将赴旧金山。”

“什么？”他大吃一惊。

“由她亲自同你说吧，她对名利圈已无心恋战。”

这时，印子苗条的身形在他们背后出现。她脸上纱布已经拆除，但仍然有瘀青未除，人瘦了，眼睛更灵更大。

会客室内两男一女，气氛异常。

洪钜坤一个箭步上前：“对不起，印子。”语气里的确有许多歉意，绝非伪装。

裕进问：“印子，可要叫他走？”

印子没想到洪氏会亲自找上门来，明敏机灵的她立刻看出这是千载难逢的机会，一时忘却凌辱及痛楚。

“印子，我会对你做出补偿。”

裕进见印子迟疑，知道她心意有变，手心发凉，只是不出声。

“裕进，请借地方让我与洪老板说句话。”

裕进内心叫声不，但是肉身却轻轻退出，还顺手帮他们掩上门。

洪钜坤轻轻蹲到印子面前，低声下气地说：“我对你的心意，相信你已知道。”

印子的眼睛里充满悲哀。

“是我没把事情处理妥当，令你受惊，请再给我机会。”

印子诧异，她没料到他会如此坦诚。

“家人很牵挂你，让我接你回去。”

啊，母亲与妹妹。

洪钜坤说：“你离家已有五天，当是放假，现在是归队的时候了。”

在陈家避难，无忧无虑，印子真不想走。

“印子，你我是同一类人，绝不甘心默默过一辈子。”

可是这一走，会永远失去裕进。

这个大男孩，一而再、再而三在她最有需要的时刻支持她。想到这里，印子转过身去落泪。

“印子，我答应你，往后，无论你提出什么要求，我都不会拒绝。”

印子又觉得好笑，她说：“去，去杀了我的敌人，提他的头来见我。”

洪钜坤答：“我会马上行动，我要叫那人比死还惨。”

“真的！你真会那样做？”

洪钜坤忽然把脸埋在她手心中：“一定。”

印子深深叹一口气。

“我以后都不会再叫你受委屈。”

洪钜坤怀里的手提电话响起。

他让印子接听。

是母亲欣喜的声音：“印子，你外景完了没有？妹妹得了作文冠军，等你替她庆祝。还有，我梦想了一辈子的花店，下星期开张，由你剪彩。印子，什么时候可以回家？”

印子知道再拖下去会叫洪钜坤反感，她非得当机立断不可，于是在电话里答：“下午我就回来。”

洪钜坤如释重负。

印子放下电话，脸上一丝血色也无。

他轻轻说："花店在东方酒店楼下，十分体面。"

印子点点头。

"你生父那边……王治平替他在澳门一个出入口行找到职位，他会生活得很好。"

印子低下头，欠那么多债的人无论如何也抬不起头来。

"我们走吧。"

这时，裕进推开会客室的门。

他与印子一照脸，已经知道发生什么事。

洪钜坤一个箭步上前："多谢你替我照顾印子，印子的朋友即是我的朋友，以后有什么事尽管找我。"

陈裕进又输了。

他默不作声，所遭到的伤害，非笔墨可以形容。

他的身形忽然矮了几寸，一时挺不起背脊。

他看着洪钜坤带着印子离去。

陈裕进蹲在楼梯口，一声不响。

直到傍晚，祖母回来，看到他坐在门口发呆。

老太太完全知道发生了什么事，坐到孙儿旁边，轻轻说："走了？"

裕进点点头。

“我们是普通人家，哪里留得住她。”

裕进把脸埋进膝盖里。

“能够为朋友稍尽绵力，已经够安慰。”

裕进紧握祖母双手。

“别难过，别抱怨，也别望报酬。”

“是，祖母。”

“应当感激印子丰富了你的生命，彼此都有真挚的付出。”祖母说。

裕进鼻梁像是中了一拳，痛得双目通红。

这时，祖父扬声说：“外头已经阴凉，还不进来？”

祖母对裕进说：“来，扶我一下。”

她一时站不起来。裕进吃惊，整个暑假浸淫在个人私欲里，竟没发觉祖父母体力又退了一步。

他轻轻扶起祖母，祖母抬头看着高大英俊的长孙，十分欢欣骄傲，轻轻靠着他肩膀慢步走回屋内。

裕进挺一挺胸膛，仿佛又坚强起来。

第二天，父亲给他一个电话。

“你也该回来了。”

裕进忽然垂头：“是，我明白。”

“什么？”陈先生从未见过儿子那样乖顺。

“我这就去办飞机票。”

“有本事的话请老人家一起来，度假也好，长住也好，一家团聚。”

“我试一试。”

“还有一个消息：你姐姐裕逵昨日带男朋友回来吃饭。”

“啊？”裕进吃一惊。

“是呀，”陈先生唏嘘，“她对那小子关怀备至，我吃醋了。”

小姐姐竟有男伴了，自幼以弟弟为重，凡事先让弟弟，背着弟弟到处走，被弟弟欺压只是忍耐的裕逵如今别有钟爱对象了。

裕进像失去一条手臂般彷徨。

以后，谁做他枪手替他写报告？

“那小子真好福气，今时今日，像裕逵那般贤淑的女孩实属少有。”

“他是个怎么样的人？”

“普普通通，黑黑实实，很会享福。”

父子都视他为假想敌。

“读书还是做生意？”

“取到学位后在父亲店里帮手。”

“养鸡还是养猪？”

“做极偏门的行业。”

“那又是什么？”

“养殖兰花，据说得过无数奖状。”

“是吗，裕逵怎样认识他？”

“在一次晚会上由友人介绍。”

裕进一时忘却私人痛楚：“家里有多少兄弟，父母生活可正常？”

双重标准来了，他对自己的朋友什么都不计较，只要喜欢就行，可是姐姐的对象却要百分之百合卫生标准。

“你自己回家来审问她吧。”挂断电话。

祖母在一旁轻轻说：“南美女作家阿扬提说：生活便是失去，婴儿长大了，我们失去那软绵绵的一团粉；青年老去，又失去最好岁月；子女结婚，成为别人配偶，父母又怅然若失。若不能忍受失去的痛苦，一个人简直不会成长。”

裕进知道祖母借词在安慰他。

“祖母，一起往旧金山度假如何？”裕进问。

“明年春天我们两老乘邮轮环游世界，途经旧金山，一定来看你们。”那即是婉拒一家团聚的建议。

“裕进，记住，相处易，同住难，一间屋子只能有一个女主人。”

“祖母，思想如你这样灵通，做人一定愉快。”

“这不叫灵通，这叫识相。”

第二天，他把回家的决定告诉袁松茂。

小袁感喟地说：“你真好，放完假，回去了，这里一切，死活与你无干。”裕进笑笑。

“你知道洪钜坤已经包起刘印子？”

裕进不出声。

“还有见伊人吗？”

裕进摇头。

“听说他打她，视她为禁脔，但不吝啬金钱，要多少给多少。”

裕进仍然沉默。

“你也算是见识过了。”

“嗯嗯。”

“明年暑假，还会回来吗？”

“明年去印度南部。”

“裕进你真会开玩笑，今晚我同你在玫瑰人生酒吧饯行，多多美女，你不会失望。”

“谢谢你松茂。”

那一日阳光很好，裕进找到伊蝶庇亚芙[1]的唱片《玫瑰人生》，在书房轻轻播放。

电话响了。

“喂”的一声就认得是印子的声音，但，那真仿佛是前生的情谊了。

“裕进——”

是裕进替她解围：“伤势好了没有？”

“用厚粉遮掩，镜头相就不甚碍眼。”

“那就好。”

“听说你要回旧金山？”

“消息传得真快。”

“你走了以后，我再也找不到你，只好人头狗身，四处

[1] 伊蝶庇亚芙：又译为伊迪丝·琵雅芙（Edith Piaf），法国歌手。

流浪，最后死在阴沟里。”

“再预言下去，当心一切会成真。”

印子饮泣。

“你想得到的一切，都已得到，为何哭泣？”

“那都不是我真正想要的。”

“可是，除出你真正想要的，其他一切都已得到，还有什么好抱怨的呢。”

“裕进，你说得对。”

“听听这首怨曲，听歌手唱得何等沧桑、无奈，却对生命仍然充满热情。”

歌播完了，裕进听到“嗒”的一声，电话挂断。

他用枕头蒙住头，在床上赖上半天。

晚上，裕进憔悴地找到玫瑰人生去。

一屋都是漂亮而妖冶的年轻女子，袁松茂看见他迎上来介绍：“丽珊、丽瑜、丽琼、丽碧，轮到丽字辈抬头了。”

裕进坐下来喝闷酒。

人越来越多，都听说是小袁请客，蜂拥而至。

半夜，裕进已有七分酒意，也觉得人生除却贫同病，也没有其他大碍，正想与其中一名艳女攀谈，忽然之间，众人眼睛齐齐一亮，朝同一个方向看去。

门口出现一个红衣女郎，隆胸、细腰、长腿，这是谁?

呀，看真了，是刘印子。

她剪短了头发，化浓妆，嘴唇上胭脂像滴出血来，大眼睛更显得鬼影幢幢。

裕进迎上去："你怎么来了？"

"裕进，跳舞，别说话。"

"真是你吗？抑或，我疑心生了暗魅，醒来一看，原来是另外一个女子。"

"的确是我。"裕进不信，大声叫松茂。

小袁过来，裕进问他："真是印子吗？"

"是她，我通知她来。"

裕进颔首。

他无论如何忍不住，落下眼泪来。

只听得印子轻轻说："真男人不哭泣。"

这个时候谁要做真男人。

"你明天走？我来送你。"

"你忙，走不开，我会了解。"

"要走，一定走得开。"印子微微笑。

裕进答："我会记住这句话。"

这时，不远之处，有人轻轻举起照相机，按下快门，一连拍了好几张照片，因为没用闪光灯，无人注意。

袁松茂眼尖，觉得有人形迹可疑，走过去："喂，你。"

可是那人已经混在人群里失踪。

小袁自己忙得要命，左右两边都是女伴，双手抱着酒杯酒瓶，当然再也无暇去研究那人到底是谁。

有人问："红衣女是什么人？"

"刘印子。"

"怪不得，也只有她配穿红。"

"上帝造人也真偏心，标致起来，可以好看到这种地步。"

舞罢，裕进与印子坐下来。

她叫了冰水给他喝："好些没有？"裕进不出声。

"这次回去，升学还是做事？"

裕进有点儿负气："买一座葡萄园学酿酒，天天卧在醉乡里。"

印子笑了，她耳后，用印度墨写着小小一个好字，亦即是女子。

那一搭皮肤极少机会见到阳光，白腻似羊脂，裕进凝视。

本来是一个仙子般清丽的女子，因这一点点不羁的记号泄露了消息，带起遐思。

这时，一个男人醉醺醺走过来，脚步都不稳了，可是嘴里却称赞印子：“美人儿，美人儿。”

印子不但没生气，反而客气地道谢：“过奖了。”

醉汉说：“我有个朋友，他也想见见美女，可否带他过来？”

裕进说：“你醉了。”

那人摇摇晃晃，朝另一头走去。

印子看看时间，裕进是聪明人：“要回去拍戏了？”

“杀青戏，最后一场。”

“恭喜你，终于大功告成。”

“裕进——”

这时，那醉汉又出现，这次，带着比他还醉的伙伴，两个男人，齐齐端详印子，一起说：“美得不像真人，可是，把老郑也叫来开开眼界。”他俩彼此扶着又走开。

裕进说：“我送你。”

“不用，司机在门口等。”

“印子，今时不同往日。”

印子黯然地笑，她掐住自己纤细的脖子：“这颗头颅，快要接到狗的身上。”裕进把她拥进怀里。这时，醉汉又来了，一共三个人，笑嘻嘻，对印子说：“漂亮面孔真叫人心旷神怡，是上帝杰作。”

印子忍不住笑：“谢谢，谢谢。”

“你看，她一点儿架子都没有。”他们终于十分满意地走开。

裕进送印子到门口。大块头司机看到她如释重负：“刘小姐，这里。”她登上车子走了。袁松茂跟出来，站在裕进身边。

“算是有足够人情味。”

“你也是，小袁。”

“明天我不去飞机场了，你有空回来看我们。”

“这是我伤心地，我不要再来。”

“心情欠佳时勿说气话。”

“送我回去睡觉。”

“我比你更醉，叫出租车吧。”

到底年轻，靠床上略眠三两小时，祖母来叫他，一骨碌起床，梳洗完毕，白布衫牛仔裤，又是一条好汉。祖母依依不舍。

“我还有事，去一去邓老师处。”

“速去速回。”

他买了一大束白色百合花敬老师。

邓老师满面笑容：“裕进，你是我学生中至特别的一个。”

“是因为最蠢。”

“不，最最聪明敏感，不学好中文太可惜，只有中文才能表达你的心意。”

裕进微笑。

“你要走了，唉，天下无不散之筵席。”

“回来一定拜访老师。”

“给我写信，可得用毛笔写了邮寄，不准用电邮。”

“是，老师。”

邓老师：“永婷也要回家了，呀，我这中文班门庭可冷落啦。”

裕进忽然说：“老师，青山白水，后会有期。”

“我是书生，不是武将，你怎么同我说这些切口。”

裕进殷殷话别。来的时候，是一个纯洁的青年，走的时候，心里伤痕斑斑，裕进感慨万千。祖父亲自驾车送裕进。

裕进真没想到印子会比他还早到。她一见他们便迎上来，已经洗脱浓妆，同裕进约好似的，同样白棉衫牛仔裤，清纯无比。

她身边跟着保姆及助手。

印子眼红红，依偎在裕进肩膀上。

在他们隔壁有一家三口，小女孩只得八九岁大，忽然“咦”一声：“他们是在接吻吗？”指这一对年轻人。

那母亲嘘小女孩：“爱侣便是这样。”

“结婚没有？不是说婚后才准接吻吗？”

印子本来愁肠百结，听到天真无忌的童言，不禁一侧头笑出来。

裕进说：“有事紧记找我。”

“你会为我飞回来吗？”

“一定会。”

时间到了，裕进终于上了飞机。

他一直把头靠在窗上，直至到家。

一闭上眼，便看见印子的大眼睛，再不离开那城市，陈裕进会瘫痪。

他喝了几杯啤酒，沉沉入睡。

印子回到旧山顶道的住宅，管家低声说："洪先生来了。"

印子看见洪钜坤坐在书房里。

"去了什么地方？"

"送飞机。"

"很不舍得？"

印子淡淡地答："好朋友，当然不舍得。"

"他是个英俊的年轻人。"

"我也认为如此。"她好不坦白。

"与你正好一对。"

"是吗，可惜他已决定升学。"

洪钜坤把一张七彩缤纷的娱乐版报纸递到印子面前。

印子一看，怔住。

照片有点儿模糊，可是不难看到一个红衣女与她高大的男伴正头碰头在跳舞。

偷拍！

标题是《刘印子有秘密情人》。

她若无其事搁下报纸。

“是你吗？”

“的确是我，免费宣传，多好。”

洪钜坤一时不出声，过一会儿才说：“他那年轻强壮的胸膛，十分可靠及温柔吧。”

印子不去回答，斟了一杯酒喝。

印子低下头，耳畔的印度墨装饰图案清晰可见，这次，换了一个宝字。五千个美丽的常用中文字，每天换一个，可多年不重复。这个别致的装饰已成为印子的标志，有一个女记者，专门拍摄她皮肤上的图案，试过一次刊登十多张照片。

洪钜坤轻轻说：“蚊子，最怕印度墨的颜色。”

什么，蚊子？印子抬起头来。

“所以，四百多年来，印度民居的墙壁，都用印度墨混白漆髹刷，避蚊，是一种民间智能。”

印子看着他。洪钜坤嘲弄地说：“我见你对印度文物那样有兴趣，故此买了一些书籍来看。”想投其所好，想讨她欢喜。

可是印子无动于衷，她与洪氏，只讲交易。

“戏会卖座吗？”

洪钜坤答：“不知道。”

“什么？”

“印子，我不必骗你，凭美国报业大亨兰道夫·赫斯特[1]的人力物力，捧得起总统，也捧不了他爱人梅丽恩·戴维斯[2]，观众有他们的选择，只有群众的力量才能捧出任何行业的明星，我们已经尽力，其余的，讲运气了。”

印子觉得他说得十分有理。她能跟他学习的良多。

“你的心，不在我这里。”

印子答：“我根本没有心。”

洪钜坤凝视她：“这我相信。”

印子忽然笑了，秀丽的脸容像一朵沉睡的莲花展开花瓣。

洪钜坤自嘲：不是说要找一个极色的女子吗？已经找到了，还想怎么样。他轻轻把报纸搁到一旁。

---

[1] 兰道夫·赫斯特：又译为威廉·伦道夫·赫斯特（William Randolph Hearst），美国报业大亨。

[2] 梅丽恩·戴维斯：又译为玛丽恩·戴维斯（Marion Davies），美国演员，赫斯特多年的情妇。其在默片时代红极一时，但据说因为有轻度口吃，在有声电影兴起后事业逐渐衰落。

在地球的另一边，陈裕进的飞机着陆。姐姐与男友一起来接他。裕进对未来姐夫异常冷淡，只是紧紧搂住姐姐。

裕逵介绍说："弟，这是王应乐。"

裕进含糊地应一声，把行李交给他拎。

那小王却十分容忍，并不抱怨，兼做司机。

裕逵笑说："弟，你越来越英俊。"

"有什么用，不知多寂寞，又无女友。"

王应乐立刻说："我帮你介绍。"

裕进立刻拉下面孔斥责："你手上有很多女人？"

这人抢走他的姐姐，非好好教训不可。

"裕进你怎么了，他家里有七八个表妹才真。"

王应乐只是赔笑。

车里放着张中文报纸，娱乐版上大字标题："刘印子说，她只是神秘男子的表妹。"

裕进心想，已经到了地球的另一面，那样高而蓝的天空，白云似千万只绵羊般。可是，他还是躲不过那双大眼睛。

裕逵问："你的中文学得怎样？"

"可以看得懂报纸标题。"

那王应乐不识趣，又问：“内容可明白？”

裕进立刻反问：“我有同你说话吗？”

王应乐摇摇头，却不生气。

裕逵笑着拍打弟弟肩膀：“你是怎么了，无理取闹，同小时一模一样。”

“是，我最不长进。”裕进说。

“裕进吃错了药。”

车子才停在家里的行车道，已经听见树荫中母亲的声音叫出来：“是裕进到家了吗？”

裕进跑出去：“妈妈，是裕进，妈妈。”

身高六英尺的他忽然又像回到小学一年级时那样渴望见到妈妈。看到母亲风韵依然，十分宽慰。他接着对王应乐说：“我们一家有许多话说，你可以走了。”

陈太太骇笑：“裕进，应乐不是外人。”

陈先生在身后冷冷说：“还未算是自己人。”

那王应乐的涵养功夫一流，永不动气，他说：“那我先回去，伯父伯母，再见。”回到屋内，裕进哈哈大笑。

裕逵说：“当心将来人家的弟弟也这样对你。”

是吗，裕进想，印子没有弟弟。

裕逵说："大学给你来了信，收你做硕士生。"

"我情愿跟爸爸做事。"

裕逵说："要不，找一个教席，教小学，愿意吗？"

裕进颔首："都替我安排好了。"

裕逵笑："你像受了伤的动物，只觉什么都不对劲。"

被姐姐讲中，裕进索性回房发呆。

裕逵问："他是怎么了？"

陈太太笑："听祖母说，他失恋。"

"夏日恋情，永远短暂。"

"祖母说他这次相当认真。"

"啊，对象是谁？"

"祖母电传这张照片过来。"

裕逵一看："咦，长得像洋娃娃。"

"是一个女明星。"

裕逵忍不住说："这么奇怪！"都不觉得明星是人。

陈太太抿嘴笑："幸亏没成功，否则，天上忽然飞来一只凤凰，陈家不知如何接驾。"

大家都没当是什么严重的事。裕进只得一个人疗伤。他有二十四小时决定上学抑或到父亲的电子厂做工，裕进掷毫取向，一见是字，他便说："你已是准硕士了。"

过一日，他开车去大学报到，停车时，误撞一辆吉普车后部，碰烂了人家车尾灯。可以一走了之，但，陈裕进不是那样的人，他留下电话号码及姓名，才把车子停妥。

办妥入学手续出来，前面那辆车子已经驶走。他把车子驶回家，半路，电话响："陈裕进？"一个女孩子的声音。

"我是。"

"真是你碰烂我的车尾灯。"语气不知多高兴。

裕进想，咦，莫非这人有毛病。

"裕进，我是邓老师中文班同学丘永婷，记得吗？"

"永婷！"

"可不就是我。"永婷说。

裕进问："永婷，这一刻你在哪里？"

"在中央图书馆。"

"我马上来，请在接待处等我二十分钟。"

永婷也很兴奋："裕进，真没想到——"

"是，待会儿见。"

三所大学，偏偏同校，三千个学生，八百个车位，他的车却会与她的车接吻，他又愿意负责，留下电话，于是，老友重逢了。

概率可说只得四万分之一，洋人口中的概率即是华人的所谓缘分。

裕进立刻把车子掉头驶往图书馆。不知为什么，他十分留恋邓老师光洁宽敞的画室，并且，在那里度过的恬静的好时光。

他一见永婷，哈哈大笑，由衷高兴，握紧她双手。

那小巧素净的女孩开心得泪盈于睫，一直叫他名字："裕进裕进。"

"你怎么没告诉我你住旧金山？"

"你没问，我也没提。"

"真是，我们当时都说些什么？"

"之乎者也，李白的诗，韦庄的词。"

"那也不错，够文化水准。"

两个年轻人笑得弯腰。

"来，到我家来。"

永婷说："不，先来舍下。"

"哗！这么快就得见伯父母，第一次约会还未开始。"

永婷忽然也调皮地说："先过了这一关，以后心安理得。"

"对。"

永婷把车驶上电报山，裕进尾随其后，心中暗暗好笑，同一条路，同一座山，果然，永婷在六五〇号停车，而裕进的家就在七三五。他们是邻居，推开窗，他俩看到的是同一座橘红色的金门大桥。

"你在这里住多久了？"

永婷答："自一岁起住这里。"

她请他进屋，裕进一看，间隔都差不多，分明由同一建筑师设计，的的确确，不能够再进一步门当户对了。斜斜向露台张望，可以看到陈家旧年新换的朱红色的瓦屋顶。

裕进笑出来。

"告诉我你笑什么。"

"一会儿你自然知道。"

永婷的母亲自楼上下来，一眼看见裕进，心里就喜欢。

丘太太，热诚招呼，零食摆了一桌，少不免打听一下年轻人的背景环境。

裕进从实一一说明，叫丘太太既放心又高兴。

最后丘太太问："裕进你住在哪一区？"

裕进揭盅："伯母，就是这条合臣路七三五号。"

永婷跳起来："啊！"

丘伯母开心得说不出话来。

裕进笑："现在，轮到永婷去我家了。"

伯母连忙说："永婷，赶快换件衣服，化点儿妆。"

"不用，这样就很好。"

丘伯母合不拢嘴，立刻找出燕窝人参，叫永婷带去陈家。

永婷说："我们竟是邻居！"真没想到。

陈太太没想到裕进忽然带来女朋友，那位小姐既斯文又素净，一看就知道是读书人，给她意外之喜。

不是说失恋吗，可见根本不用替他担心。

这一位伯母同样热诚款待。

裕进说："双方家长都好像很欢喜，我俩轻易过关，可以光明正大往来。"

他想到在印子家遭受到的白眼，忽然沉默。

印子是家里的摇钱树，碰不得，陈裕进当然是最大敌人。

喝了茶，裕进步行送永婷回家。

“明早我接你上学。”

永婷却说：“我到十二点才有课，裕进，我俩自由活动。”

留些空间是智能。

裕进点头。回到家，他的脸重新挂下来，热闹过后，空虚更加厉害，怪不得下意识要紧抓住永婷。

陈太太对裕逵说：“那位丘小姐才是弟弟的理想对象。”

裕逵想一想：“那不大好吧，他爱的是一个人，与之结婚生子的，又是另外一个人。”

“因祸得福，有何不可？”

裕逵把一本中文杂志放到茶几上。刘印子正在彩照上摆出一个诱人的姿势，文字标题是：《叫人迷惑的女子》，记者这样写：“访问的那一天，她迟到，缓缓走来，一脸忧郁，主演的影片卖个满堂红，创淡市奇迹，都不能令她一笑。她穿露脐小小上衣，肚脐之下，有一个文身图案，因部位敏感，记者不敢直视，骤眼一看，仿佛是个‘瑰’字，也觉得合适，这女子根本像朵花，可是看仔细了，吓一跳，不，不是玫瑰的瑰，而是魂魄的魂，呵，她真是有点儿不可思议……”

陈太太皱上眉头：“以后不要再买这种中文杂志，别叫裕进看见。”

裕逵失笑：“妈，这根本是裕进带回来的。”

“他看过了？”

“那当然。”

“人家已是大明星了。”

裕逵劝慰：“可不是，绝对不会隔洋摆迷魂阵，放血滴子。”

“是，现在要顾身份了。”

裕逵赔笑，她再三端详刘印子的照片：“妈，人家的五官怎么那样好看，浓眉、长睫、高鼻子、尖下巴，上唇形状像丘比特的弓。”

“裕逵，有了色相，就会出卖色相，女孩子长得美，就不愿安分，十分苦命，你放眼看去，没有一个夫人长得美，便明白其中道理。”

裕逵叹口气：“上天真会捉弄人。”

陈太太把杂志扔进垃圾桶：“裕逵，陪我去拜访丘伯母。”

“太早一点儿了吧。”裕逵说。

“刚刚好。”

第二天她们就找上门去，与丘太太谈半天，越说越投契。

“做了母亲，为子女担心一辈子，至今在商场，听到有孩子叫妈妈，我还会抬起头，仿佛是弟弟叫我。”

丘太太接上去：“由一年级开始担心她功课，到大学毕业，又忧虑她工作问题，还有，女孩子的婚姻才叫人头痛。”

陈太太立刻说：“最要紧门当户对，还有，是读书人家。”

讲到丘太太心坎里去：“对，对，木门对木门，竹门对竹门。”

两个中年太太，宽慰地相视而笑。接着，又谈到婚礼，彼此都很含蓄，没提到人名。

丘太太说：“在外国，仿佛是女方家长负责婚礼费用，我倒是愿意接受。”

陈太太连忙说：“那怎么可以，我们到底是华人，男方娶得好媳妇，再花费也应该。”

丘太太合不拢嘴：“一人一半，一人一半。”

陈太太坚持：“男方应负全责。”

裕逵感喟，母亲一向经老，风韵犹存，可是岁月不饶人，终于也得谈起子女嫁娶问题，口角似老夫人。消磨了整个下午，她们母女打道回府。

傍晚，丘家伯母又送了名贵水果来。忽然之间，像已经有了亲家。

裕进一个人在房间里，用印度墨化了水，先写一个“瑰”字，再写一个“魂”字。

内心仍然绞痛，四肢无论放在什么地方，都觉得不舒服。

他凄惶地问：什么时候，才可以做回自己呢？

印子，这一刻，你又在做什么？他拿起电话，打到她家去，自两岁起，他就学会打电话，谈话交际，做惯做熟。可是这一次却非常紧张，双手颤抖。

他知道印子在家的机会极微，这上下她一定忙得不可开交，不过，电话私人号码会由她亲自接听，如果不在，那就无人理会。

电话响了十来声，裕进失望刚想挂上，忽然听见有人“喂”的一声。

不是印子，可是声音很接近，裕进试探地问：“是影子？”

那边笑：“只有一个人那样叫我，你一定是陈大哥。”

“姐姐呢？”

“到康城[1]参观影展去了。”

“呵，那样忙。”

“回来有三个广告等着她，另外，新戏接着开镜，全片在哈尔滨及东京拍摄。”做小妹的语气充满艳羡，“累得声线都哑，不知如何录唱片。”

“你呢，有无继续做模特儿？”

“姐不让我出去，着我好好读书，她说，家里一个人出卖色相已经足够，不能衰到几代一起抛头露面。”

裕进不出声，过一会儿问：“印子快乐吗？”

“当然开心啦，人人围住她，当她票房救星，还有，洪先生已经离婚，他们现在都是独身，不再招惹非议。”

呵，事事顺利。

“姐姐那次受伤，根本不关洪先生事，谣传他打她，怎么可能，其实是一个妒忌的女人所为……”

少女完全站在财势一边。

“陈大哥，这个电话姐姐不准人接听，我一时好奇，别告诉姐姐。”

---

[1] 康城：又译为戛纳（Cannes），法国南部城市。

“好。”

“你是否要在录音机上说句话？”

“不用了，我下次再打来。”

挂上电话，裕进更加沉默，手脚像灌了铅，动弹不得，渐渐麻木。

直到有人在他房门外“喂”的一声。

“永婷？”

是永婷来探访，帮他按摩肩膀，陪他说话：“来，我们比赛背《水浒传》一百零八条好汉的绰号与名字。”

“我只会鼓上蚤时迁，小时候祖父把他的故事告诉我。”

“好得很，九纹龙史进。”

“及时雨宋江。”裕进好不容易想起来。

“浪子燕青。”

“碧眼见孙权。”

永婷大笑：“不不不，裕进，孙权是《三国志》里的人物，你搞错隔壁了。”

裕进也忍不住笑起来：“对不起，对不起。”

陈太太在门口听见，同裕进说：“真有文化，说起‘三国’‘水浒’来。”

裕进答："我自叹不如。"

他俩无牵无挂地在温暖的家里闲谈说笑，刘印子又在做什么？

她已离开康城，与洪钜坤来到巴黎。

她坐在著名时装店的内堂，由模特儿穿了最新一季设计，给她挑选。

洪钜坤在看报纸。

他翻到一页，正是印子在影展会场外的黑白照，法文标题他看得懂：《美丽不分国界》，印子穿一件极之裸露的黑色丝裙，吸引了记者的注意。

洪君有刹那虚荣的满足，他的女伴站在国际舞台上毫不逊色。

正在沉思，印子趋向前说："挑好了。"

"有配对的鞋子吗？"

"都办妥了。"

"全是半透明的纱衣？"

"你喜欢老布长衫？"

洪钜坤签字付款："可要去卢浮宫看文物？"

印子苦笑："我不懂，亦无兴趣。"

洪钜坤十分高兴："我也一窍不通。"

印子笑得落泪。

傍晚，他俩穿着整齐，到赌场观光。印子闲闲下注，奇怪，走运了，押什么开什么，一大班赌客跟在她身边起哄跟风，反而把洪君挤到一旁。

印子神采飞扬，领导群雄，大杀四方。

她嘴角有踌躇满志的笑意，手持大沓高额筹码，吆喝开彩，活色生香，洪君暗视她，肯定她已经回不了头，他大可以放心。

刘印子，或是马利亚·罗兹格斯，再也返不了家乡，那个大学生，胸膛再结实，肩膀再可靠，也不会令她与他共同生活。

短短六个月，刘印子已脱胎换骨，变了另一个人。

她在赌场内赢了十多万美金，取过赌场支票交给男伴，洪钜坤却说："是你的本事，你的红利。"

印子一怔，可是她迅速把支票放入绣花小手袋中。

"小赌怡情，可别沉迷。"

"谢谢忠告。"

天色已鱼肚白，他俩在巴黎左岸的石子路上散步。

他问她："快乐吗？"

她点点头。

"我说过我会补偿你。"

现在，他身边只有她一个女人。

印子但愿所有欺压过她的人，看到她今日的风光。

她在巴黎的天空下吐出一口气。

洪君问："回去休息如何？我累了。"

印子点点头。

洪君伸过手去，搂着她半裸的肩膀。

昨日，在电话中，印子忽然想起一个人，问助手阿芝："孟如乔近况如何？"

阿芝茫然："孟什么？"

像是从来没听过这个名字。

机灵的印子立刻明白了。

名字总有一日会褪色，那不要紧，花无百日红嘛，只千万别到了那一日，人仍然挤在地铁里。

她想起陈裕进，他永远不会明白这种心态，他没有此类恐惧，他没试过阴沟坑渠的脏同臭，他不会想站起来，逃出去。

但是，她仍然怀念他，心底最深的深处，她知道，只有他尊重她。

接着的半年，印子没有回家。

广告搬到欧洲好几个国家拍摄，她的大本营在东京，转飞多地工作。

东洋人喜欢她的大眼睛与长腿，她在那里，有点儿小名气。

洪钜坤时时抽空探访，两人关系，日趋稳定。

印子在足踝上画上“成功”两字。

她成功了。

陈裕进成绩也不俗，才一年，考得硕士学位，再读博士文凭，他决定教学，可是对象不是幼童，想做讲师，非得有头衔不可。

陈太太试探：“要不要先订婚？”

裕进莫名其妙：“同谁订婚？”

“哟！”陈太太大吃一惊，“你阻误人家青春，却想不认账？”

“你说永婷？我们是好友、手足。”

“你已经有两臂两腿了。”

“三只手也不坏呀。”

换句话说，他不考虑进一步发展，即是还没有忘却另一个女孩。

陈太太叹口气。

稍后她同裕逵说：“裕进仍在等她？”

“下意识依然有千万分之一希望。”

“一个人叫名利吞噬了，哪里还会回头。”

“我们这里的年轻人都是衬衫、牛仔裙裤加登山鞋、四驱车，她的排场已直逼荷里活[1]大明星，回头干什么。”

“不知裕进还有否与她联络？”

裕逵不出声。

“做姐姐的知道什么，快从实招来。”

“裕进每个星期都写信给她。”

“什么？”

“他用一种深褐色墨水手抄莎士比亚的十四行诗赠她。”

“对牛弹琴，人家要的并非这些。”

裕逵笑：“不怕，这一切，假以时日，都会过去。”

---

[1] 荷里活：又译为好莱坞（Hollywood）。

裕逵订在五月结婚，陈家忽然忙碌起来。

陈先生事事参与，非常有兴趣地研究菜单、聘礼，叫裕进陪着他四处跑。

“爸想退休，你来接棒。”

“才五十多岁，回家干什么？”

陈先生的愿望十分卑微：“睡个够，好好吃早餐，多陪老父，以及孙子。”

“孙子尚未出生。”

“快了，我家就要四代同堂。”

裕逵的礼服来自纽约，金饰在香港定做，一副南洋珠钻石项链是巴黎名店制品，到了这一日，裕进才发觉父母颇有点儿资产。

那叫王应乐的小子一切享现成，不知多大福气，陈裕逵的嫁妆还包括市区一层两房公寓及一部欧洲跑车。

陈太太说：“应乐自幼失去父母，我们得好好补偿他。”

这样一来，女婿死心塌地伴在他们左右，等于多一个儿子。

祖母在电话里对裕进发牢骚：“心目中哪里还有我们老人，一切在北美洲静悄悄进行，多自私。”

“不是邀请你们出席吗？”

“我已有十年不乘长途飞机。”

“所以裕逵会带那小子来度蜜月。”

祖母一怔，大喜：“有这样的事？”

“已经决定经东京及夏威夷，在祖屋住上三天。”

“不早说！”

“让你有个惊喜嘛！”

这样纷攘，裕进仍然一个星期一封信。

郑重其事，小心翼翼，寄出他的情意。

出乎陈家上下意料之外，美丽的刘印子异常珍惜这些信。

一到星期三、四，她便渴望收信。

每个礼拜都收百多封影迷信的印子竟盼望收信，多么奇怪，助手阿芝不明所以。

过了星期五，邮寄有延误，她便沮丧，呵，终于不耐烦了，不再寄信来了，到此为止了。

星期一，信件又到，她心情才复苏。

阿芝问：“不用复信吗？”

“不知写什么才好。”

“一直不回信，对方会累。”

印子叹口气。

“印子，现在你要什么有什么，应当开心。”

“我的确不是不高兴。”

“连你都要叹气，我们岂非无生存希望。”

“阿芝真会说笑，我是谁，我不过是一个走了运的跑江湖女子。”

“哗，大明星这样谦卑，真叫人吃不消。”

“不是吗？一个码头接一个码头巡回演出：‘各位父兄叔伯，请多多捧场。’”

阿芝劝说：“许多人不必辛苦，这种机会不是人人可以得到。”

印子苦笑。

真的，多少江湖儿女盼望早红，朝思暮想，使尽浑身解数，有些混到老大，也挤不上一线位置，转瞬被迫饰演新一代红人的爸妈。

阿芝告诉她：“要准备多伦多影展的行头了，请给点儿指示。”

印子不出声，她时时有这种短暂的、魂离肉身的神情。

她在想，可否趁影展，顺带去参加陈家的婚礼，她喜欢陈家所有人，他们健康、快乐、光明、正常，他们令她觉得人生有盼望。

她决定开小差，裕进既然把婚礼日期告诉她，就不会介意她忽然出现。

她悄悄准备了礼物，当天，飞机来回就得十多个小时，她逗留两个钟头就得走，牺牲睡眠，在所不惜。

在陈家，整个婚礼准备程序中，王应乐展示无比耐力，使裕进对他渐渐改观。

怪不得裕逵选中他，他没有自我，完全以裕逵为重，裕逵的意思是圣旨，有时连弟弟都不耐烦了，他仍一心一意侍候未婚妻。

陈裕进会这样对丘永婷吗？永不。

陈裕进会这样对刘印子吗？可能。

裕逵选永婷及她最要好的一个女同学做伴娘，伴郎是王应乐的未婚上司犹太人辛褒。

那天一早，大家都起来了，独独裕进赖床。

裕逵化了一半妆来催他起来。

裕进不胜惆怅："从此一心向着夫家，待生下子女，统共忘记小弟。”

“你还算小弟？”裕逵伸手拉他，“是老兄了。”

“化了妆几乎不认得你了。”

“应乐也这样说。”

“他深爱你。”

裕逵笑：“选对象，最要紧是爱我，不以我为重，条件再好，又有什么用？”

念科学的她头脑清楚。

裕逵看到桌上未完成的信，故意问：“写给什么人？”

裕进起床：“来，让我用墨水替你画上祝福的图案。”

裕逵吓一跳：“我不要，别弄脏我的礼服。”

“狗咬吕洞宾。”

陈太太进来：“裕逵，请帮我扣腰封。”

懒洋洋的裕进总算起来梳洗。

他穿好衣服，用电话向祖父母报告现场状况。

婚礼在前园架起的蛋黄色帐幕里举行，请了百来个客人，最美的鲜花，最鲜的食物，绝不吝啬香槟。

陈先生为停车位头痛，四处同邻居打招呼。

裕进在这样一个热闹的早晨竟觉得寂寥。

永婷过来笑说：“裕逵真有良心，伴娘的礼服够漂亮。”

“永婷你穿上纱衣似安琪儿。”

“真的？”永婷喜出望外，冲口而出，“辛褒也那样说。”

永婷立刻后悔，怕裕进不高兴。

“辛褒有眼光。”他却不在意。

永婷反而失望，他仍然不紧张她。

陈太太正想看看结婚蛋糕是否妥当，一走进帐篷，只见一个苗条的背影。

那位小姐穿桃红色泰丝套装，细腰、长腿，单看背影，已知是个美人儿。陈太太轻轻咳嗽一声。

她缓缓转过头来，满面笑容地说：“陈伯母，我正在欣赏结婚蛋糕。”

那鲜艳的桃红色衬得她色若春晓，整个人似一朵芙蓉花，陈太太不由自主想亲近她，轻轻走近一步。

“恭喜你，伯母，祝裕逵与他心心相印、白头偕老、无比幸福。”

“谢谢，谢谢。”

但，她是谁呢？

电光石火之间，陈太太想起来，她看过她的照片，这便是陈裕进的梦中人，她是刘印子！

姜是老的辣，她实时做出适当的反应，十分可亲地称呼：“印子，大驾光临，不胜荣幸。”

刘印子双手奉上礼物。

陈太太打开一看，是一条意大利著名设计师设计的镶宝石项链，那红宝石与绿宝石有拇指指甲那样大。

“太贵重了，不能收下。”

“是我给裕逵的礼物，伯母怎么好代她推辞。”

说的也是。

这种项链她也许拥有十副八副，随便拿一条出来送人，来到民间，已是宝物。

“裕进给我寄帖子来。”印子打开手袋取出红帖子。

陈太太立刻说：“裕进的朋友即是我的朋友。”

这时，新娘提着白裙出来找母亲：“妈，化妆师病了，不能来，怎么办？”

陈太太一怔：“哟，那只得自己动手了。”

印子立刻说：“我助手是最好的化妆师，她在外头车里，我叫她进来帮忙。”

陈家母女松一口气：“快请。”

印子取出手提电话说两句，不消片刻，阿芝拎着化妆箱进来，微笑地跟着新娘进屋。

“伯母，你客人多，不必理我，我坐一会儿就得走。”

陈太太怪失望：“不吃了饭才走？”

“我得赶返多伦多。”

“我立刻叫裕进来。”

“谢谢伯母。”

陈太太暗暗佩服她气定神闲，并没有主动找陈裕进。

正在说他，他寻人来了：“印子，印子，我见到阿芝——”

印子扬声：“这里。”

裕进已看到桃红倩影，不禁哽咽。

陈太太只得识趣地走开，一边叹口气。

“也难怪。”她喃喃说。

“难怪什么？”丈夫在身后搭讪。

“难怪裕进那样喜欢她。”

“那女明星？在哪里？”

“在园子里。”

陈先生很兴奋：“我也去看看。”

“你这老十三点，有什么好看，还不给我站住，裕进同她说话呢，人家一会儿就要走。”

这时，裕逵欣喜地推门进来：“妈，你看这化妆师是绝顶高明。”

陈太太只觉眼前一亮，端详女儿面孔，又不见脂粉痕迹，技巧真正一流。

“妈，你也来一试。”

人人爱美，陈太太立刻说：“麻烦阿芝了。”

这一切，都被丘永婷听在耳内。

她轻轻走向花园。

乐队已经来到，在台上摆设乐器，婚礼歌手在试音，她用轻柔魅力的声音唱吟：“直至十二个永不，我仍然爱着你，紧抱我，不要让我走……”

永婷看到裕进身边有一朵初虹色的云，他们轻轻随歌声起舞。

永婷脸色渐渐苍白，呵，这是一场打不赢的仗，她一呼召，他便急急奔去。

即使是结婚那一天，或是生孩子要紧关头，一视同仁，他都会赶到她身边。

永婷黯然退下。

有人轻轻对她说：“你在这里？”

永婷抬头，看到伴郎辛褒。

他轻轻说：“我打算学中文。”

永婷不出声。

“我家做珠宝生意，我同新郎自幼儿园同学至今又做同事，他可以保证我身家清白。”

永婷笑出来。

为什么要舍易取难呢，这是她做出检讨的时候了。

一对新人宣誓之后，印子便向陈家告辞，她与阿芝必须赶回飞机场。

裕进送她到门口。

有人替她打开车门，印子一见他便怔住。

这是洪钜坤，他怎么也来了？

陈裕进也发觉这有点儿气派的中年男子绝非司机，他盯着他。

洪钜坤对他说：“恭喜你们。”

“谢谢。”声音冷淡。

洪钜坤取出红包：“小小意思，不成敬意，敬请笑纳。”

裕进大方地收下。

一直以为这人肠满脑肥，一脸猥琐，其实不是，他比想象中年轻强壮，而且，成功的人，自然有他的风度。

印子与他上车离去。

阿芝与司机坐在前座，中间玻璃窗关紧了，听不到后座谈话。

印子说：“你怎知我在这里？”

“我消息灵通。”

“我不过略走开一会儿，立刻归队。”

“一个人的财宝在哪里，心也在哪里。”

印子脱了外套，露出小小背心：“车里怎么少了冷气。”

“是那大学生叫你热血沸腾？”

印子看着他：“你想说什么话，尽管讲好了。”

“印子，你身上没有一个忠贞的细胞。”

印子不出声，她知道已激怒了他。

“你我可以立即解约。”

印子不出声。

“你羽翼已成，外头不少公司愿意罗致你，离开翡翠，可获得自由兼爱情。”

印子缓缓说：“我想想。”

“不用想了，我叫王治平准备法律文件。”他十分赌气。

印子知道此时一句多余的话必叫他下不了台就此弄僵，她不出声。

车子一直驶往飞机场。

前两夜，印子才做梦，噩梦中屋漏兼夜雨，一天一地是水，不知如何补漏，大惊，喘醒。

她一边喘息，一边对自己说：“印子不怕，那一切已经过去了。”

是吗，已经过去了吗？印子握紧拳头，一声不响。

只听得洪钜坤说：“我真蠢，竟然想过同你结婚。”

他在飞机场东翼下车，并不打算押送印子回家。

阿芝紧张问：“我们去哪里？”

印子低下头：“照原来行程。”

一年下来，他对她腻了，借故发作。

她呢，本来可以施点儿手段，继续维系这段关系，但是，这种交易式而没有真正感情基础的关系，拖长了也无益，不如就此结束。

洪钜坤这人有淫威，要求绝对服从，若一辈子跟他生活，并不是享受。

钱可以到别的地方去赚，现在家人生活已经有了着落，手头上又有点儿积蓄……印子的心定下来。

她回到影展去展览笑容。

最后一晚，阿芝给她看一份报纸。

有照片为证，大字标题：《洪氏另结新欢，与本届香江小姐冯杏娟出双入对》。

印子不出声。

“下飞机时记者势必围攻，你得有准备才行。”

印子半晌答：“咄，老板交女朋友，关我什么事。”

“一于[1]这么讲。”

阿芝见印子似一点儿也不伤心激动，心中感喟地想，不相爱也有不相爱的好处，各自甩开手，各管各去，多么爽利。

阿芝不知印子内心感受。

印子像被人强灌饮了镪水，胸腔溃烂，不知怎样形容难堪感觉。

玩物就是玩物，一件丢开，另外又找来一件，不必顾存对方颜面、自尊、感受。

---

[1] 一于：粤语中表示“干脆如何如何”的意思。

虽然一早知道结局如此，待真正发生了，还是觉得难堪。

照片中，应届香江小姐只得十多岁，头发染成棕红，身上裙子短得不能再短，脸上一副宠幸的样子。

阿芝忍不住说：“粗贱。”

飞机就快降落，阿芝又问：“可要在另一个出口走？”

印子想一想，点点头。

在通道另一边出去，深夜，空荡荡，一个人也没有，印子心里一惊：什么，难道已经不红了？

忽然之间，人声嘈杂，一扇门“嘭”一声撞开，十来二十个记者争先恐后涌出，闪灯对牢印子拼命拍摄，团团围住她不放行。

印子放心了。

没问题，刘印子仍有号召力，她松了一口气。

记者争相提问，印子一言不发。

她板着面孔一直回到家里，掩上门，才无奈地笑了。

大队记者仍在楼下驻扎。

印子看到母亲缓缓走出来。

“收入，有问题吗？”

她关心的，仿佛就得这点儿。

一个人穷怕了，就会这样。

印子冷冷答："放心，不会少了你那份。"

"房子，到底是谁的名字？"

"两层都在我名下。"

那母亲着实松口气。

"印子，不如花点儿律师费，把小的那层转给我。"

印子心情不好，忽然十分尖刻："为什么？你怕我比你早死？"

蓝女士不敢得罪她，拎起手袋说："我走了。"

"楼下有三十架照相机，你吃得消吗？"

"我试试看。"也十分讽刺。

她开门离去。

屋内归于寂静，印子开了一瓶香槟，自斟自饮。

忽然之间，电话铃响。

事情会有转机吗？印子提起电话，"喂"的一声。

"印子，到家了？"

是老好陈裕进，她微笑："裕进，听到你声音真好。"

"裕逵十分喜欢你的礼物。"

“呵，小小心意。”

裕进沉默一会儿，忽然说：“闹翻了？”

“你看到报纸？”

“海外版隔二十四小时便看到。”

印子十分干脆：“我恢复了自由身。”

“是因为我的缘故？”

“不，”印子不给他这种满足，“是因为他与我意见不合。”

裕进惆怅。

“我不够听话。”

“印子，做完手头上工作，来我家度假。”

“裕进，我也真的累了，你仍愿接收我？”

“永远。”

“真不相信我仍有好运气。”

挂了电话，她把裕进的信紧紧拥在怀中。

第二天一早，王治平上门找她。

“印子，洪先生感激你一言不发。”

印子不出声。

她刚睡醒，淋了浴，湿头发拢在脑后，T 恤、短裤，一点儿化妆也无，仍是美人儿中美人儿。

那冯杏娟不如她远矣。

王治平咳嗽一声："洪先生说，屋内一切都归你，你仍可帮翡翠工作，阿芝与阿佐仍由公司发薪水，他有义务照顾你，又拨了若干股票到你名下，保证你生活。"

印子不表示意见。

"他说，他始终不知道你心里想什么。"

印子表情十分落寞，到底是人，洪氏在要紧关头救了她，用他的人力、物力把她自漏水天台屋拉出来，她对他，也有感激成分。

"印子，你有事尽管吩咐。"

"我想解约。"

"一定照你的意思，洪先生说：'许佩嫦是个可靠有实力的经理人，你定可青云直上。'"

印子轻轻说："上到青云？会否摔下来？"

王治平没有回答她，站起来告辞。

"佩嫦姐稍后会来找你。"

"多谢洪先生照顾。"

王治平心想：那冯杏娟的资质都不及刘印子十分之一。

可是，比刘印子听话一百倍。

王治平也有点儿失落，以后，不能时时见到这可人儿，不知怎的，人类天性贪恋美色，他自问对刘印子一点儿企图也无，可是每次看到她精致如杰作的面孔，心底有说不出的欢喜，她的观众想必有同样感觉，以致她走红。

电话铃响了。

“在家，没出去？”

“记者在楼下，不敢动。”

分了手，彼此反而客气起来。

“对一切安排满意吗？”

“很好，谢谢。”

“你始终十分懂事。”

“仍得不到你的欢心。”

“别冤枉我，是我深爱你，却没有回报。”

“你有财有势，声音比我响。”

两人都笑了，和平分手，令人心安。

挂了电话不久，许佩嫦上来与她谈论细节。

“印子，你真人与我想象有很大出入。”

印子有点儿紧张，不知她想说什么。

“你比外表印象文静、理智。”

这大抵算是赞美，印子不出声。

未来经理人指着她足踝上的图案："这玩意儿始终很野性，不如抹掉它。"

印子轻轻说："这是真的文身。"

佩嫦一看，是个小小的"灵"字："哎，我以为是画上去的，是文身，可麻烦了。"

印子十分婉转地说："要完全改变一个人，是没有可能的事，也无此必要。"

许女士走后，她同阿芝说："我决定不采用经理人，自己闯一闯。"

"可是，一切要自身应付。"

"不怕，做人根本如此。"

干吗事事受另一人钳制，一切私事及账簿公开，完了，还要把收入分她百分之十五。

阿芝说："许佩嫦同荷里活有联络。"

印子"哧"一声笑："本市的钱还没掏空呢，去那么远干什么，身边有美金，一样到比华利山[1]买洋房。"

---

[1] 比华利山：又译为贝弗利山庄（Beverly Hills），位于美国加州。

阿芝也笑。

印子又说："命中注定有的东西，自然会送上门来，否则，钻营无益。"

印子叹口气。

杂志上全是洪钜坤约会冯杏娟进出各种场合的照片，文末记者总不忘挑衅地问一句：刘印子怎么想？刘印子至今未做任何响应，刘印子如常工作……

印子趁这个机会接了广告拍摄。

她游说客户："到巴黎拍外景，我会穿得单薄一点儿。"

那个商人着了魔似的忙不迭答允。

过了几天，印子就离开了是非之地。

她与裕进约好在欧洲见面。

这一边，裕进收拾行李只说有急事，连夜乘飞机往欧陆。

第二天清晨，陈太太正预备整园子，丘太太忽然来访。

"咦，一早有什么事吗？"

丘太太期艾："一夜未睡，鼓起勇气，来同你说清楚。"

"哟，看你那样郑重，可是大事？"

"关于永婷……"

“永婷怎么样？”

丘太太涨红了脸，无法开口。

陈太太猜到最坏方面去：“永婷有病？”

“不不不，唉，永婷订婚了。”

“订婚？”陈太太呆住，“同谁？”

丘太太怪羞愧：“同一个叫辛褒的犹太人。”

陈太太张大了嘴：永婷不是裕进的女朋友吗，怎么忽而分手改嫁外国人？

丘太太颓然：“我们做不成亲家了。”

两个中年太太互相呆视。

半晌，陈太太问：“这些年轻人，到底在想什么？”

丘太太忽然落泪：“自幼送到最好的私立学校，学芭蕾舞、弹钢琴、练中文，没想到最终嫁洋人。”

“裕进已到欧洲去了，永婷怎么同他说？”

“她说裕进祝她幸福，她指出裕进爱的是另外一个女子。”

陈太太喃喃说：“我不明白。”

永婷妈无法克服家有洋婿的反感，眼泪一直流下来。

陈太太连忙绞来热毛巾及斟出热茶。

永婷妈诉苦："做母亲真没意思……"

不知怎的，裕进约印子在巴黎北火车站会面，那地方人来人往，扒手奇多，找人并不容易。

可是他一眼看见了她，两人奔向对方，紧紧拥抱，彼此透不过气来。

印子说："让我看清楚你。"

裕进笑："我还是我，一成不变。"

印子摸自己的面孔："我却再也不认得自己。"

"是，"裕进微笑，"这是一只狗头。"

印子把脸埋在他胸膛里，工作完毕，她可尽情度假。

陈裕进与世无争，同他在一起真正开心。

"为什么到火车站？"

"乘火车去南部看堡垒。"

"订妥酒店了吗？"

"唏，去到哪里是哪里，大不了睡在街边。"

"可是，我有七箱行李。"

"捐赠慈善机构，或是扔到河里。"

"好，豁出去了。"

印子从未试过学生式旅行，乐得尝试，跟着裕进南下，在火车上看风景，累了，蜷缩在一角打盹。

身上的衣服稀皱，而且有味道，他们并不在乎，租了车，在乡镇小路上探访葡萄园，用有限法语，一打听，才知道已经来到著名的波都区[1]。

两人在农庄借住，一直游到马赛，走了几千公里，累了在花下休息，饿了吃海龙王汤，快乐过神仙。

不过，一路上也靠信用卡支撑。

终于，经过一间豪华酒店。“今晚，要好好睡一觉。”他们下榻套房。印子泡在大浴缸里，乐不思蜀，心想：与陈裕进余生都这么过，可需要多少经费呢？

正在盘算，电话铃响了。

竟是阿芝的声音。

“你怎么知道我在这里？”

“小姐，整整一个星期失去你影踪，急得如热锅上蚂蚁，幸亏你用信用卡付账，我才有你下落。印子，洪先生心脏病发入院，已经做过大手术，可是病情反复，未脱离危险期，他想见你最后一面。”

---

[1] 波都区：又译为波尔多（Bordeaux），法国西南部城市，著名的葡萄酒产区。

印子震惊。

她一时间没有言语。

阿芝说："在理，与你无关，在情，说不过去，你且回来见他一面，旅游的机会多的是。"

印子仍然不知说什么才好。

"我去看过他，很可怜，英雄只怕病来磨，平日那样神气的一个人，此刻身上插满管子，动弹不得，子女远远站着等他遗言，像是不认识他似的，前妻不愿现身。印子，你想想。"

印子终于说："我马上回来。"

阿芝松了口气："难为你了。"

印子放下电话，披上浴袍。

她看到裕进站在露台前看风景，背光，穿着内衣、背心，美好壮健的身形尽露。

他没有转过身子，只是无奈而寂寥地说："又要走了？"

"我去一下就回来。"

裕进忽然说："去了就不必回来。"

印子看着他："你说过会永远等我。"

裕进答："我反悔了，所有承诺均需实践，世界岂不累死。”

印子沉默。

“再等下去，我怕你看不起我。”

“我明白。”

“失望的次数太多了。”

“我知道，每一个人的忍耐力都有个限度。”

“你回去吧，他们等着你。”

“我只回去一刻。”

裕进忽然笑了：“今日一刻，明日又一刻，我同你不能这样过一生。”

他收拾证件，取过外套，拉开酒店房门：“再见。”竟潇洒地走了。

印子也没有久留，她立刻到飞机场去订飞机票。

归途中印子脚步浮动，一切都不像真的，阿芝立刻把她接到医院。

洪钜坤的实况比她想象中还要差。

他整张脸塌下，皮肤似棉花般失去弹力，嘴与鼻、手及胸都插着仪器。

但是他还看得见印子。

“你——”他挣扎着动一动，神情意外，没想到印子会出现，随即闭上眼睛，看错了，他想，一定是幻觉，她怎么会来。

可是，那轻柔的声音传来。

“吃得太好，是都市人通病，问你还敢不敢餐餐烤十八安士[1]的红肉。”

是她，她真的来了。

他又睁开眼睛。

印子按住他的手：“痊愈以后，坏习惯统统改一改，多点儿运动，我讨厌高尔夫，飞丝钓鱼倒是不错，要不，索性行山，或是徒手爬峭壁，哟，可以玩的说不尽，何苦天天坐在钱眼里。”

忽然之间，那铁汉泪盈于睫。

看护过来检查仪表：“咦，生命迹象有进步。”立刻抬头看着印子：“小姐，无论你是谁，留在这里不要走。”

印子轻轻说：“我想淋浴、更衣。”

看护笑着同病人说：“这要求仿佛不算过分。”

---

[1] 安士：又译为盎司（ounce），重量单位。

洪钜坤握住印子的手："不……"

印子无奈："他这个人就是这样，一言堂，专制、霸道、自私、不理他人感受。"

洪钜坤不住摇头否认。

阿芝进来轻轻放下一个手提包。

印子说："我借这里的浴室用一用。"

洪氏住的医院套房像豪华酒店一般，设备齐全。

印子淋浴洗头，不久套房内蔓延着一股茶玫清香，把消毒药水味统统遮盖过去。

洪钜坤忽然找到生存下去的理由。

半晌，印子穿着便服擦着湿发出来，看到长沙发，便躺下看杂志："我睡这里就很好。"

顺手取过茶几上水果咬一口。

洪钜坤轻轻问："男朋友呢？"

印子一怔，在这种时候他还有闲心问这个，可见他生命力之强，印子毫不怀疑，他一定会渡过这个难关。

她不敢讪笑他，只是据实答："丢了。"

"因为我？"

印子无奈："一听到消息马上赶回来，他受不了。"

“不好意思。”

“你我何用客气。”

“你那么爱他——”

“不，”印子更正，“我爱我自己更多。”

洪钜坤笑了。

这是他发病以来第一次笑。

印子轻轻说：“那么他呢，也发觉不值得为我再牺牲下去，于是因了解分手。”

“是我从中作梗的缘故吧。”

印子答：“你一定要那样想，也任得你。”

他满意地合上眼。

接着，他轻轻说：“在我年轻的时候，戏院每天中午，做旧片放映，叫早场。”

印子点头：“我听说过，那是戏院的流金岁月。”

“我看了无数名片，其中一套，叫《野餐》。”

“我知道，金露华[1]与威廉荷顿[2]代表作。”

“印子，同你谈话真有趣。”

---

[1] 金露华：又译为金·诺瓦克（Kim Novak），美国演员。

[2] 威廉荷顿：又译为威廉·霍尔登（William Holden），美国演员。

“你知道为什么？俗人对俗人。”

洪钜坤笑得呛咳。

“记得他俩跳舞经典的一场吗？她穿一件桃红色伞裙，轻轻扭动双肩，看着他舞过来……少年的我，为那艳色着迷。”

“女主角的确是尤物。”

“印子，你愿意为我穿上桃红色伞裙跳舞吗？”

印子答：“我试试，不过，怎么能同荷里活比。”

洪钜坤感喟地说：“你更清丽。”

这时，守在套房外的王治平忽然推门进来。

“洪先生，冯小姐想见你。”

啊！是新宠来了。

洪钜坤立刻说：“叫她回去。”

可是冯杏娟已经推开王治平走进来。

她急了：“你为什么不见我？”一眼看见刘印子：“啊！原来如此。”

不由分说，疯子似的扑到印子面前，闪电般左右开弓给了她两记耳光：“你抢我的男人！”

这一幕何其熟悉，各人连忙喝止，把冯杏娟拉开，可是印子已经吃了亏。

王治平几乎要把那冯杏娟拖出病房，打了人的她还一路号啕大哭，令看护侧目。

洪钜坤想坐起："谁放她进来？"

"我。"

大家往门口看去，只见一个穿着斯文而豪华的中年太太，缓缓走进来。

洪钜坤静下来。

这是他的原配。

他不由得说："我们早已分手。"

"我是为看一子一女而来。"

"我不会亏待他们。"

"我要听的就是这句话。"

洪钜坤冷笑说："你们都觉得我这次是死定了。"

前任洪太太看着刘印子："是这种兀鹰，闻到死亡气息，专赶回来等分赃。"

"治平，送太太回家，劝她以后尊重自己身份，别乱走。"

她走了以后，印子取来冰袋，敷着热辣辣的面颊。

她嘲弄地说："都拼死命地打妖精。"

“印子，”洪钜坤无比歉意，“我一定补偿你。”

“不必了，我已经够用。”

“不是钱，印子，我们结婚吧。”

印子大笑：“你老以为结婚是对女人的恩惠，也不想想，谁要同你这样的人生活一辈子。”

“我有什么不好？”

医生、看护过来替他检查，他才噤声。

医生劝说：“洪先生，家人吵闹，对病情无益。”

印子拥着冰袋，累极了，在长沙发上入睡。

洪钜坤却一天比一天好起来。

三日之后，他已可以坐起来处理公文。

医生笑道：“医院里时时有这种奇迹出现。”

印子说：“我想回家。”

“不准走。”

印子温和地说：“你早已不能控制我。”

洪钜坤沮丧。

“我再多陪你三天，可好？”印子说。

洪钜坤说：“印子，我郑重正式向你求婚。”

“没可能。”印子笑着摇摇头。

阿芝照常替她拎来更换的衣服，司机买来她爱吃的云吞面，这几天她都没有离开过病房。

印子问：“外头怎么样？”

阿芝说：“那冯杏娟对记者说了许多奇怪的话，全市娱乐版大乐，争相报道，医院门口全天候守着十多名记者。”

印子看着洪氏，说：“找个这样没水准的女人，祸延下代，叫子女怎样见人。”

洪钜坤一声不响。

阿芝骇笑，敢这样骂洪某的人也只有印子一个人。

“还不叫治平去摆平她。”

门外有人咳嗽一声，可不就是王治平，他轻轻说：“冯小姐今日起程到多伦多读书去了。”

印子“哧”一声笑出来。

“很快洪先生会到加拿大办一所私人女子大学，专门收容他的剩余物资。”

王治平忍笑忍得面孔僵硬。

洪钜坤出院那一天，印子没有出现。

他问手下：“人呢？”

阿芝连忙说：“在家等你。”

“可是不舒服？”

“的确是累了。”

“给我接通电话。”

来听电话的正是印子本人：“你一个人出院，记者群觉得乏味，就不再跟踪。”

洪钜坤只觉恍如隔世，车子驶进印子的家门，他像是还魂回来，他深深叹口气，还有什么看不开，还有什么好争。

他只希望印子可以留下来陪他泛舟西湖，逸乐地共度余生。

他行动有点儿缓慢，伤口也还疼痛，轻轻问：“印子，印子？”

用人斟出香茗，替他换上拖鞋，轻轻退出。

这是一个阴天，可是，客厅光线比平常更暗，洪钜坤正在奇怪，忽然之间，他听到微丝音乐声。

那音乐像一线小小流水般钻进他耳朵，正是他青年时最喜欢的跳舞拍子。

书房门打开了。

一团桃红色的影子出现，啊，是印子，波浪形长发披肩，淡妆，大眼睛闪烁，凝视今晚的主人，她随着拍子轻轻扭动双肩，慢慢地一步一步走近他。

洪钜坤在刹那回忆到他年轻时种种，啊，同班美丽的高才生不屑理睬他，家境欠佳的他因借贷受尽亲戚白眼，升学失败，只得做学徒赚取生活……

但是，一切不如意都消失在印子桃红色伞裙的舞里，得到补偿。

她轻轻舞到他身边，伸出手，邀请他共舞。

他挣扎地站起来，浑忘大病初愈，伤口尚在疼痛，他嗫嚅地说："我从未学过跳舞。"

印子答："我也没有，请一名导演找来旧片，看了百多次，才勉强学会那诱惑的舞步。"咯咯笑。

"百分之百神似。"

"导演说要把这一场加入新戏里。"

"你会继续拍戏？"

"千辛万苦，千载难逢的机会红了起来，当然拍到无人要看为止。"

"自巅峰退下，才可成为佳话。"

印子讪笑："谁的佳话？这个城，这个社会？呸！我家没钱交租之际，我哀哀痛哭的时候，又不见社会来救我，我理他们怎么想。”

音乐停止了。

“就这么多？”洪钜坤极不舍得。

印子扶他坐下：“多了会腻。”

用人出来拉开窗帘。

“谢谢你，印子。”

“我很高兴这次回来帮到你。”

洪钜坤点点头：“你要走了。”

“是，记得吗？我俩早已分手。”洪钜坤低下头，这一病叫他老了十年。

“同子女搞好关系，还有，找个年轻的大家闺秀再婚。”

洪君笑了：“竟教我如何做人。”

“对不起，我说错了。”

“不，你讲得很正确。”

“回家去吧。”

“倒过头来赶我走。”

王治平与看护已在门口等他。

他叹口气：“治平，该升你了，再把你留在身边不公平，集团在温哥华建酒店，山明水秀，是个肥缺，你过去做监督吧。”

口气像土皇帝，印子与王治平都笑起来。

真惨，日子久了，大家居然培养出真感情来。

印子把他们送走，倒在沙发上。

半晌，觉得窄腰裙困身，才唤来阿芝，拉下背后拉链，脱下裙子。那袭伞裙因有硬衬裙撑着，竟站在客厅中央，像成了精似的。

印子讪笑问：“像不像我？没有灵魂，只具躯壳。”

阿芝大大不以为然：“我从来不那样看你，这次你挨义气回来，救了洪先生，失去陈裕进，是很大的牺牲。”

印子低下头：“裕进从来不属于我的世界。”

阿芝改变话题：“汪导演来追人。”

“约他明日见。”

阿芝打开约会簿：“明日不行，你要跑三档地方，大后日傍晚五时半可抽三十分钟给他。”

印子伸一个懒腰：“我喜欢这种生活，我需要他们，他们也需要我。”

中秋节大清早，裕进的祖父正在园子看海棠花，一辆豪华房车停在门口。一个穿民初服装的可人儿挽着一大篮水果走下车喊早。

老先生眼前一亮，再高兴没有："印子，你来了。"

他招呼她进屋内。

老祖母十分欢欣："这么早，印子，怎么穿着戏服？"

"我拍了通宵，刚收工，顺便来看你们。"

"一点儿也没有倦容，天生该吃这行饭。"

"拍什么戏，小凤仙？"

印子笑："不，聊斋。"

果篮里有大柿子，祖母说："裕进最爱吃这个。"

"旧金山也买得到。"

"他明春拿博士文凭，已在南部大学找到教席。"

"那多好。"

"好什么，"祖母无限唏嘘，"女朋友竟同外国人私奔结婚去了。"

印子骇笑："有这种事？"

"裕进不知是大方还是气结，竟大笑称好。"

祖父说："我们越来越不懂得他。"

"印子，"老太太说，"只有你才了解他吧。"

“我？”印子发呆，“一点点啦。”

他是个小王子，生活在一个不比他大很多的星球上，自得其乐。

祖母说：“你该累了，回去休息吧。”

印子握住她的手笑着不放，大眼睛忽然濡湿。

祖母说：“相爱又要分手，为着什么？”

印子把脸埋在祖母手里，哽咽地说：“允许我时时来探访你们。”

“我的家门，永远为你而开。”

印子走了之后，老先生问妻子：“可要告诉裕进？”

老太太摇摇头：“让裕进回过气来再说。”

“心底最深之处，你对一个女演员，有否偏见？”

老太太想一想：“说没有，是骗人的话。”

老先生搔搔头：“她们是另一种人，在银幕上，生张熟李，拥抱接吻，不拘小节，我老是替她们担心，万一走在路上，遇上过去调情对手，如何应付？”

祖母十分幽默：“用演技对付。”

“希望裕进可以找到好人家的女儿。”

祖母检查果篮：“咦，有佛手，又有柚子，难怪香气扑鼻。”

“一般人家的好女儿老老实实，哪里懂得送这样讨人喜欢的礼物。”

祖母茫然若失：“这倒是真的。”

群众心理甚难触摸，有时越对他们冷淡，越是心痒难搔，主动想来亲近。

印子对她的观众，就是那样。

从未试过以乖女孩姿态出现，观众没有期望，就不会失望，只觉得她坦率诚实。

她对群众疏离，从不组织影迷会，拒绝访问，也不愿当街签名拍照，可是她做每件工作都做到最好，决不迟到早退，吃了苦头，也无怨言。

这种精神似乎得到大众欣赏。

与洪君分手之后，她恢复自由身。

这件事忽然升格成为传奇。

听说在他重病的时候，她回到他身边侍候，直至他痊愈为止。

真没想到美女会那样有情有义，叫那些无情无义的大腹贾十分感动。

想接近她，没有身家当然不行，可是光有钱，又不一定获得她的青睐。

越是复杂，越引人挑战。

照说，社会风气并不如表面开放，一个女人，从一手经另一手，名誉那样坏，应该叫人退避三舍。

刘印子似乎是个例外。

一天，有人特地到工作坊与张永亮导演接触。

“咦，好久不见，小姜，别来无恙乎。”

对方咕咕笑：“你还记得我？当初大家同在传理系混。”

张导演凝视身穿名牌西装的旧同学：“你有事找我？”

“实不相瞒，的确有求而来。”

“若是借贷，免问，本行穷得要跳楼。”

“不不，同这个无关。”

张笑答：“那就只得一条贱命了。”

“不，也不是要你的命。”

张大奇：“莫非给我一份工作？”

“正是，”姜自公文包里取出一个本子，“剧本在这里，戏拍好了，拿到柏林参展。”

小张一怔，这是怎么一回事？

“只有一个条件，女主角必须是刘印子。”

“你代表谁？”

“大昌贸易郭氏。”

小张忽然明白了，十分厌恶地站起来：“你几时做了皮条客？”

“张，你别立刻跳到结论里去，我有那样暗示过吗？将来，老板同女主角之间发生什么事，与你我有什么关系？”

张不出声。

“多久没开戏了？两年，家人吃什么？也真佩服你们这班艺术家，那样会忍耐，剧本非常好，你一看就知，与美国人合作，制度完善，是你起死回生的好机会，兄弟，切勿恩将仇报。”

他们两个人又重新坐下来。

“这次经济不景气，害惨了三十二至四十二岁一班人，过了这岁数，大可乘机上岸退休，若刚出道，又不怕吃苦，最惨是我们，习惯了繁华，无处可退。”

导演忽然说：“若是美女，连第三次大战也不怕。”

“那么，退一步做美女的导演吧，沾点儿光。”

两个人都为现实低下了头。

这件事对印子来说，又不是那么了不起。

看完剧本，她同阿芝说："拍这种半史诗式电影最辛苦，往往在加拿大西部某小镇取景，睡没好睡，吃没好吃，一去大半年。"

阿芝答："可是，拍的是铁路华工故事，值得做。"

"我那角色——"

"本子一看就知道是为你写的。"

"是谁那么好心？"连她都纳罕。

阿芝掩着嘴笑。

"你知道什么讲出来好了。"

"又是一个想追求你的老板。"

印子冷笑一声："我自有方法应付。"

"这人比洪先生年轻。"

"就算比他年轻十岁也不算年轻了。"

"二十多岁小伙子实在与你的才智不配。"

"阿芝，中老年男人身上有一股气息，闻了叫人发闷。"

阿芝轻轻问："是铜臭？"

"你太天真了，我已说得那样伧俗、猥琐你还不明白，那些老男人的肌肤似破棉被一般，叫人作呕。"

阿芝噤声。

印子沉默一会儿："角色的确好，我们去找些十九世纪末的北美华侨历史故事来参考。"

"遵命。"

她俩到大书店去找有关文学。

印子说："裕进会知道我该读什么书。"

阿芝看她一眼，不出声。

"他会把加拿大太平洋铁路的血泪史从头到尾说给我听，不劳我操心。"

阿芝很快找到一沓图书。

"我真想念他。"印子有点儿沮丧。

阿芝根本不去接那个话题。

到柜台付账时有人窃窃私语。

"可是影星刘印子？"

"不会啦，女明星哪里会如此朴素地在书店出现，她们不属于这里。"

"呵，看错人了。"

捧着一大堆书回家，印子笑着问阿芝："什么时候读？"

阿芝想一想："每天上卫生间时看二十分钟，包你水到渠成。”

印子骇笑，懊恼地说：“我从此不敢上洗手间。”

她不知道陈裕进最近一段日子终日埋头读书，什么都不做，足不出户。

这也是掩饰已碎之心的一种办法吧。

他在幽暗的光线下用放大镜比较两本卫星拍摄地图的细节。

他母亲进来说：“这么黑，怎么看？”

顺手把窗帘拉开，裕进却像吸血僵尸伯爵看到阳光般遮着脸怪叫起来。

“你怎么了？”

陈太太以为他闹小性子。但是，裕进的病比表面看上去严重得多，他床底下放满酒瓶，一半满，一半空。

陈太太在清洁房间之际也看得见，她吩咐家务助理把瓶子整理好，仍然逐只放回床底。

这年头，若没有这种幽默感，哪里配做人父母，如果不懂体贴，子女怎么肯住在家里。

那一天，活该有事，裕进好端端想去划船。

“精神不好，不如改天。”

“今日风和日丽，又是公园中人工湖泊，十分安全。”

“早去早回。”

裕进把小艇划到湖泊深处，停在垂柳之旁，躺下喝酒。

开头还有人朝他打招呼，下午天色变了，微雨，就没有其他的游客。

裕进喝了半打啤酒，打嗝，他吟道：“不是铜，不是石，不是土，不是无涯的海，血肉之躯有一日腐败，没有大能的手可以扯回时间飞逝之足，除非这项奇迹生效，我黑色墨水里的爱耀出光芒……”

他的头有点儿重，摇摇晃晃想站起来，忽然失去平衡，一头栽进水里。

裕进不觉痛苦，他内心十分平静。

失去知觉之前才蓦然醒觉，原来失恋这样痛苦，死了似乎还好过一点儿。

这个觉悟叫他苦笑。

过了一阵子，他隐约听见尖叫声与泼水声。

接着，有金发蓝眼的天使前来，与他接吻。

一切渐渐归于黑暗。

那段时间，无知无觉，十分安乐。

他几乎不想醒来，可是，忽然想起妈妈，内心羞愧，世上有一个人不能失去他，那是他母亲。

他的听觉先恢复，努力想睁开双眼，欲动双臂，却不能够。

裕进听见母亲坚毅的声音：“千万不要把这事告诉祖父母，我怕老人会受不住。”

真的，还有两祖，裕进焦急，对不起他们。

跟着，是裕逵的饮泣声。他又沉沉睡去。

然后，他略有意识，揣测自己是在医院里，一时还不能动弹，但是生存着。

当中过了一天还是两天，他就不知道了。

母亲最常来，她好像睡在医院里，然后是裕逵与夫婿应乐，还有，父亲的叹息声。

却听不到印子的脚步声。

她没有来，没有人通知她，抑或，走不开？

终于有一日，经过一番努力，裕进发觉他可以睁开眼皮，他试图发出声音：“妈妈。”十分嘶哑，但是的确可以开口了。

他立刻看到母亲的脸探过来。

鬓角有白发，眼角添了皱纹，裕进发呆，什么，莫非已昏迷了十年八载，亲人都老了。

母亲十分镇定，微笑地说："裕进，你醒了，你可认得我？"双眼出卖了她，她泪盈于睫。

"妈，你在说什么？发生什么事，我可是差点儿淹死？"

医生匆匆走过来。

"啊，醒了。"

裕逵整个人伏在弟弟身边，失声痛哭。

"喂，喂，压得我好痛。"

一阵扰攘，他又倦了，沉沉睡去。

傍晚，父亲也来了。

他们紧紧握住他的手，像是怕他的生命滑走。

裕进知道不能再次失足，不然，怎么对得起他们。

"昏迷了多久？"

"足足一日一夜。"

裕进又觉诧异，是吗，才失去二十四小时？好像起码有整个月。

"两个少女发现了你，把你捞起，一直为你做人工呼吸，直至救护车来临，因此你脑部没有缺氧受损。"

啊，是那两个天使。

“裕进，警方想知道发生什么事，有人推你？”

“不，我醉酒，失足。”

裕逵号啕痛哭。

一次，童年时，裕进被老师罚站，裕逵过来看到弟弟受罚，也这样伤心痛哭。

裕进轻轻答应姐姐：“以后，我都不会再叫你痛心。”

祖父一定会说：“大难不死，必有后福。”

裕进笑了。

印度墨

肆·

每个人都有伤痕，
有些看得见，有些看不见。
一切已失去，不可以再追。

出院之后，他戒了酒，把床底下酒瓶统统自动取出扔掉。又每日早睡早起，一心一意陪母亲进出办极其琐碎的事。

裕进前后判若两人，一改颓废，并且努力工作。

表面上一切恢复正常，但心底深处，裕进知道他生命某一部分已在那次意外中溺毙。

现在，他看到动人的景象，只会略为踌躇，已没有深深感受，想到印子，仿佛是极之遥远的事，那美丽的女子，已远离了他生命的轨迹。

一日，他同姐姐说："著名的牛郎星距离地球约有十六光年，织女星是二十六光年，如果以速度每秒飞行十公里的火箭来说，这十个光年的距离，也得飞行三十万年，由此可知，牛郎、织女每年不可能借鹊桥相会。”

裕逵笑问：“你想说什么呢？”

“我想说，一切属于人类一厢情愿，是个美丽误会。”

裕逵点头：“我明白。”

裕进也终于明白了。

他知道印子在加拿大卡加利[1]拍戏，离旧金山很近，却不再想去看她。

印子在冰天雪地中拍外景，真人上阵，现场录音，全都适应下来。有一个美籍男配角来搭讪，在他面前，印子假装不会英语。

男主角由中国内地来，是武术高手，对印子很友善，闲时教她几招少林拳。

老板，从来没有出现过。

但是凭经验，印子知道他一定会现形。

他们以为故作神秘，就会得到更佳效果，叫有关的人挂念：咦？怎么还不来？

印子冷笑，谁理这人来不来。

---

[1] 卡加利：又译为卡尔加里（Calgary），加拿大艾伯塔省南部城市。

一日，拍水上追逐：大雾中小艇划向大船，甲板上有人撒下绳梯，男主角背着重伤的她往上爬。

忽然力竭，他往下坠，半身坠入水中，冰冷河水像万箭钻心，她痛苦万分，大声喊叫，声音在洪流中似一只野兽，他再奋力往上爬，终于上了船，两人倒在甲板上……

重拍了六七次，到最后，大家筋疲力尽，越来越像走投无路的剧中人，他俩双眼通红，绝望的神情，丝丝入扣，导演叫停之后，两人竟相拥饮泣。

印子已累得站不起来。

这时，阿芝过去扶她。

她在她耳畔说："郭先生来了。"

印子一时想不起现实世界里的郭某是谁，只是发呆。

阿芝陪她回更衣室，让她坐下，给她一杯熨热的日本清酒。

她干尽一杯，再喝一杯，一边脱下层层湿衣，一边向那人点头。

那人看着满身泥浆不住哆嗦的她，十分吃惊，没想到拍戏如此辛苦，没猜到她这样柔弱苍白，一张脸只比巴掌大一点儿，大眼一点儿不觉精灵，且充满悲怆。

这是他想要的人吗？

与想象有极大出入，但是，他已深深被她吸引。

脱剩亵衣，美好身段尽露，阿芝替印子罩上一件紫貂长袍。

阿芝喃喃说：“且莫管环保仔讲些什么，只有这个才能保命。”

印子渐渐恢复点儿神气：“郭先生，你好。”

那人低声说：“我路过，前来探班。”

印子疲倦地说：“真抱歉，大家都累了。”

“那我先走，明天再来。”

印子紧紧拉着袍子：“再见。”

客人一走，她累得倒在沙发上昏睡过去。

第二天那人又来了。

看到的这一场戏更加惊人。

她胸部中枪，伤口溃烂，血污满身，已近弥留，男主角试用土方救她。

印子被化妆得蓬头垢面，衣衫褴褛，似个女鬼。

导演似有虐待狂，不准他们进食，恐怕吃饱了神气太足，不像剧中人。

可是印子的精神比早一日好些。

她走过去招呼他。

她明显消瘦，脖子细细，锁骨凸出，说不出的清秀，化妆师过来替她补血浆。

他骇笑说："真的一样。"

她忽然轻轻说："的确是真的，每个人都有伤痕，有些看得见，有些看不见。"

他一怔，这是一个有思想的美人儿。

但是她随即问："你口袋里是什么？"

他把一块小小巧克力偷偷递给她，她趁没有人看见，匆匆塞进嘴里，嚼烂吞下，肚子一饿，美不美，是否思想家，全体投降。

她同他说："放心，女主角会痊愈，并且在西部主持一间妓院，发了财，她资助辛亥革命，衣着豪华，穿金戴银。"

他笑："是我挑选的剧本，我看过故事。"

印子轻轻说："只是，没得到她所爱的人。"

他不出声。

这些年来，她一直在寻找她真正想要的东西：温暖的家庭、父母的爱，以及男女之间的欢愉。

路越走越远，沿途看到许多宝物，印子拾起不少，载满背囊，以名利最多，可是没有遇见她真正想要的东西。现在，背囊已满，再也装不下其他。

他清清喉咙，鼓起勇气这样说："到了我这种年纪，也没有奢望了。"

印子适当地提点安慰他："你还年轻。"

"只不过想工余有个人陪着聊聊天，说几句体己话。"

那倒是不过分。

开头，他们都那样说，可是日后，要求会越来越多。

"我要过去了。"

"明日，我再来。"

印子温和地说："工作那样忙，走得开吗？"

"由得伙计去搞好了。"

她提起破烂的裙子走回现场。

真是一个与众不同的女子。

第二天，印子换上洋装，站在甲板上，眺望天涯，女主角又活转来了，只是不怎么肯定该如何利用捡回来的生命。

拍完这个镜头，她从甲板下来。

迎面碰到一个女人，她一看见印子就骂："是你这个妖精！"

并且举起手就要打。

若是早一年半载，印子一定手足无措，脸上已经挨了几下，可是今日的她经验丰富，知道该怎么应付，说时迟那时快，她闪电般伸手隔开那女人，并且一腿扫向对方下盘。

那女人一个踉跄，被印子顺势一推，跌倒在地。

这时，已经有人扬声："保安，保安！"

立刻有保安人员赶过来拉起那女子。

她跌得七荤八素，可是仍然不甘心地喊："你抢我的丈夫，你这个妖精，专门抢男人。"继而失声痛哭。

印子冷笑一声："你男人是谁？"

"我丈夫是郭学球！"

印子随即说："好好的郭夫人，怎么会搞成这样子，送她出去。"

自有阿芝去料理后事。

那男主角走过来，笑说："我教你的少林可派到用场了。"

"别取笑我了。"

“用来防身，最好不过。”

印子掩住脸，下一个戏，就叫作“吃耳光的女人”好了。生下来就该打，该打而不肯挨打，更加可恶。

不一会儿，当事人赶到现场。

“对不起，我不知道她会来。”

印子不出声。

“我同她冰冻三尺，她不过故意生事。”

印子仍然不发一言，慢条斯理整理戏装。

“她不知怎样取得我的片场通行证……”他急得满头大汗。

印子忽然轻轻说：“曾经一度，你们也是相爱的吧，那时，世上也没有比她更好更适合你的人了吧。”声音轻得像喃喃自语。

他坦白承认：“我们是大学同学。”

“如今，像陌路人一般。”

“是，我不再爱她，对她所作所为，十分厌恶。”

“为什么？”

“二十二年相处，彼此发觉怨隙无法弥补，像今日来生事……真叫人羞耻。”

印子的声音更加轻柔：“她们教会我一件事：有朝一日我也遭人遗弃的话，一定静静收拾行李，走得影踪全无，不吭半句声。”

他“哧”一声笑：“你怎会遭人遗弃。”

“为什么不？”

印子以为他会说：“没有人舍得”，可是他这样回答：“你根本不会属于任何人。”

印子微微笑，这人有点儿意思，这人了解她。

不交心，一颗心就不会遭到遗弃。

她伸个懒腰：“拍完戏之后，我想到北欧游玩。”

“让我做你的导游。”

“你熟悉哪边？”

“我有生意在奥斯陆。”

“那么我们约定了。”

她也没有什么奢望，二十岁出头的她心境如老年人，只觉得男欢女爱这件事可望而不可即，即使有机会，需要付出代价也太大太苦，不如做个舒适的旁观者。

有个人陪着说说话，遇到要事，有商有量，已经足够。

呵，外表如一朵花的她内心已经枯槁。

世上除了她自己之外，没人知道这件可怕的事。

戏出来了，一场试映，已叫观众惊骇赞叹。

影评人这样说：“刘印子好像在演自己，自导自演，把现实生活经历灌注到戏里。”

“一个奇女子的故事由不平凡的女星演出，同剧中人一样，刘印子也是一个混血儿。”

“终于有了会演技的女星。”

“荷里活垂涎她的美色及演技。”

自戏上演以来，印子睡得很舒服很沉实。

因为她知道，即使万一摔下来，她也已经赚得足以一生享用的声誉，这真是一项最大的安全感。

她与他乘船欣赏挪威的冰川，心境平和，不再有任何挂念。

真的吗？

心底深处，仍然有一个人。

裕进，这个平凡普通的名字，一直在她心里占着位置。

他在做什么，他好吗，他有否想念她，他可有了新的女友，会不会用不褪色的印度墨，在她足底描上祝福的图案？

这个时候，裕进与他的学生正在踢泥球。

球场连日大雨，泥泞不堪，男生忍了几日，瘾发，技痒，一见太阳，不顾一切下场。

足球飞出去的时候，夹着一大团泥浆，很快所有队员都变成泥鸭。

他们又发现另一边游戏，看见女同学走过，立刻表示友好前去拥抱。

少女们兴奋之余尖叫起来，一条街外都听得见。

裕进当然不敢对他的学生造次，他捧着球前去冲洗更衣。

在图书馆走廊附近，他碰见了哲学系主任。

裕进低着头想混过去。

胡教授眼尖："是裕进吗？"

裕进不得不立正了说："是我。"

胡教授说："裕进，我同你介绍，这是小女祖琳。"

那女孩子一见有人浑身泥，颜脸都看不清似黑湖妖，不禁退后一步。

裕进忽然淘气，把球夹在腋下，抢前双手紧紧握住那女孩玉手，好好摇了几下："你好，幸会，欢迎大驾光临。"

那胡小姐穿着一身骄傲的白衣，被裕进搞得啼笑皆非。

胡教授不以为忤：“裕进，来喝下午茶。”

“我更衣就来。”

一抬头，看到冷冷的一双大眼睛。

天涯何处无芳草，凡是漂亮的女孩子，都有一双闪烁晶莹的大眼，从瞳孔看进去，几乎可以观赏到她的灵魂。

裕进换上便装，骑脚踏车到胡教授的宿舍去。

胡祖琳在露台点阳桃灯，裕进抬起头看到各式花灯，不禁想到童年好时光。

他曾问印子：“中秋节你们做些什么？”

“家里冷清清，从来不过节。”

“什么，不讲嫦娥应悔偷灵药的故事？”

“别忘记我生父是葡人。”

印子也不觉特别难过，她的心，别有所属，不在乎这些小玩意儿。

她当务之急是名成利就。

胡祖琳已换上便服，看到有人在楼下凝望，不禁好奇，自露台上看下来。

一时她没把陈裕进认出来，随口问：“找人？”

裕进脱口念出十四行诗："你拥有大自然亲手绘画的面孔，是我爱念的女主人……"

胡祖琳微笑："你是谁？"

胡教授出来一看："裕进，快进来，司空饼[1]刚出炉。"

裕进自脚踏车后厢取出两瓶香槟作为礼物。

胡祖琳纳罕：他就是那泥鸭，是父亲的学生？

裕进也在想，教授的千金不知来进修哪一科。

坐下，喝过茶，吃罢点心，裕进问："请问祖琳读哪一科？"

祖琳一怔："医科。"

"呵，悬壶济世，那可是要读六年的功课。"

祖琳微笑："你呢，在家父的哲学系？"

胡教授大笑："在说什么啊，你俩是同事，不是同学，两个人都已毕业，是讲师身份。"

裕进很欢喜，原来大家都是成年人，那多好，有恋爱自由，有私奔主权。

他松弛下来。

---

[1] 司空饼：又译为司康饼（Scone），英式快速面包的一种。

“祖琳，裕进很有才华，不拘小节，极受女学生欢迎，课室爆棚。”

裕进啼笑皆非：“这算什么介绍？教授，我的好处不止那一点点吧。”

教授一直赔笑。

祖琳想：人不可以貌相，原来他是同事，已经在做事了，可是怎么一脸都是孩子气。

父亲请他来喝下午茶，是故意制造机会吗？

教授说：“祖琳，你做人太紧张，向裕进偷师吧，学学他的逍遥。”

裕进又抗议：“教授，我工作时也很认真。”

“祖琳最近老在睡眠中磨牙——”

“爸。”祖琳跳起来阻止。

“祖琳你真该松弛神经。”

裕进奇问：“是什么引致困扰？”

祖琳不回答。

教授答：“她母亲与我离异后要再婚。”

裕进不由得劝道：“胡医生，这是好事，你应当庆幸一位中年妇女以后不再寂寞。”

祖琳不忿一个陌生人来教她如何做人，忍着不出声。

“你还霸住母亲干什么，你早已长大成人，不需她晚上说故事给你听。”

祖琳发呆：是吗，她竟那么自私？“不，我是为她幸福着想，对方比她年轻三年，可能贪她财富……”

“只有她知道她要的是什么，你几岁？”

“二十六。”

“你比我大三岁，我不可以追求你吗，十年八载也不算什么。”

胡教授称赞：“说得好。”

他真豁达，前妻将嫁人，他竟那样高兴。

祖琳走到露台上去吹风。

裕进斟了香槟，给她一杯。

祖琳问：“你真是大快活？”

“怎么可能，全是我硬装出来，如果不能哭，最好是笑。”

“你有什么烦恼？”

“说来话长。”

黄昏，天色未暗，有理没理，月亮已经爬上来，银盘似照耀人间。裕进想起在邓老师处学来的诗词，他说：“月是故乡明，千里共婵娟。”

祖琳指正：“这一句不同下一句挂单。”

“应该怎么说？”

“但愿人长久，千里共婵娟。”

“华人总是奢望一些达不到的意境。”

祖琳干了手上的香槟：“好酒。”

“谢谢，一个朋友教会我喝这牌子。”

“女友？”

裕进很温文地答：“不，她从来不属于我。”

“美人儿？”

“祖琳，你也很漂亮。”

这句话说出来，裕进自己也吃一惊。

能够这样理智客观地讲话，可见已经清醒了。

是什么时候发生的事？

祖琳听到赞美，欣然一笑，全盘接受。

“你在医科专修什么？”

“儿童骨骼移植。”

裕进想：在他父母心中，这是比丘永婷更理想的媳妇。

假使印子有机会升学，她会挑选哪一科来读？

医科、建筑、法律都太辛苦，美人儿的青春岁月有限，需好好利用，那么美术、哲学、历史又过分虚无，计算机、机械、化学……想来想去，竟没有一科适合她。

胡祖琳见他出神，轻轻问："想什么？"

他笑："中秋节，吃月饼。"

"我们家有苏州月饼。"

"家母说我小时候第一个学会的字是饼饼，不是妈妈。"

祖琳笑："爱吃是福气。"

"童年与成年中间一段日子不知怎样胡混过去。"裕进唏嘘。

祖琳看着他："一定很精彩。"

教授出来问："谈什么那样高兴？"

"我与祖琳十分谈得来。"

"那么，留下吃晚饭。"

裕进踌躇，他与任何人都合得来，这是他的天赋本领，所以课室满座，学生都喜欢他。

可是，钟情一个人是完全不同的一回事，他知道，那像是卷入无底旋涡，明知没命，却异常愉快，根本不想逃生。

光是谈得来是不够的。

“我得回家过中秋。”

祖琳并没有留他，多年专业训练令她刚强自重，决不会使出小鸟依人的样子来。

到了家门，大家都觉得意外，虽然同一国土，到底是五小时的飞机航程。

裕逵迎出来：“稀客——”

“请勿讽刺我。”

“不要误会，我是说你朋友袁松茂来看你。”

裕进一听，大叫起来：“茂兄、茂兄。”

袁松茂穿着拖鞋走出来，简直像在自己家里一样。

他胖了许多，似大腹贾，老气横秋。他看见裕进，也吓一跳：“你越来越年轻，往回走，不可思议。”

大家哈哈大笑起来。

袁松茂上午才到，打算休息一个星期。

裕进问：“生活如何？”

“比从前艰难，过去总有许多闲钱可拾，现在已经没有这一支歌。”

“你不怕啦。”裕进拍他肩膀。

“托赖，敝公司一向谨慎，幸保不失。”

裕进沉默一会儿，终于提到一个他们两人都熟悉的名字：“印子呢？”

松茂讶异：“你不知道？”

“不知什么？”

“她大红大紫，成为影视界王后，炙手可热，拍摄广告酬劳千万。”

“什么？”

“难以置信，可这就是两年前还住在漏水天台屋里的刘印子。”

“一千万？”裕进觉得这种数字不可想象。

“不折不扣，只收取美金，存入海外户头，试想想，我等高薪管理人员，做到告老回乡，也储蓄不到千万。”

“一个年轻独身女子，要那么多钱来干什么？”

袁松茂给他白眼：“陈裕进，你这人似白痴。”

“钱可用来防身，太多无用，她快乐吗？”

“名成利就，万人艳羡，当然快乐。”

“快乐是那样肤浅的一件事吗？”

“裕进，醒醒，我们生活在一个真实的世界里。”

裕进双臂枕着头，躺在沙发上，轻轻说：“印子不是那样的人。”

“你已不认识她。”

松茂取出手提电脑，调校一会儿，把荧幕递到裕进面前。小小液晶荧幕上出现一个神采飞扬的女郎，一颈钻石项链，随着舞步精光闪烁，叫观众连眼睛都睁不开来。

在那样小小的荧幕上都看到她艳光四射。

裕进发呆：“这不是她，样子好像变了。”

“你也看出来？她一直嫌鼻子上有个节，去看过矫形医生，除掉了。”

裕进侧着头：“不，很多地方不对了。”

“裕进，相由心生。”

裕进低下头：“你说得对。”

太艳丽的刘印子完全失去纯真的一面，她那修饰得无懈可击的眉眼，最尖端前卫的打扮，华丽得炫目的首饰，都与他认识的她不一样。

相信她已无憾，不再会有嗟叹。

“红了，红得那样发紫，真是猜想不到，她已成为都会少女的偶像。”

“有男伴吗？”

“与洪君已正式分手，现在，听说大昌建筑二老板在追求她。”

裕进黯淡地微笑。

“你仍然爱她？”

“印子不是一个可以轻易忘记的人。”

“那个印子已经不在了。”

“是，”裕进想起那个故事，“已经叫人换了身子，下次就该换头了。”

没想到袁松茂听懂了老友的话，他也感喟：“说得好听点儿，叫适者生存、脱胎换骨。”

两个男生静下来。

然后，松茂又说：“不过，裕进，那样的女孩子，都会里还是很多的。”

“她是花魁。”

“这点我不反对。”

“松茂，我有三天假期，你爱怎么玩？”

“我想好好睡觉。”

“一流，”裕进竖起拇指，“返璞归真。”

第二天一早，他到唐人街的书店去，只见一档娱乐杂志十本倒有七本用刘印子做封面。有一张化妆像是被打黑了双眼，无比颓废的妖冶，又有一张扮小女孩，头上结十来条小辫子，刹那间变了另一人。

眼花缭乱的裕进忍不住走出书店。

他一本杂志也没买。

要知道印子近况竟得走到书店来，那么，印子已不是旧时的印子。

那天晚上，裕进在熟睡中听见有人呜咽。

他自梦中惊醒，跳起来，奔出客厅打开门。

“印子，你回来了，印子！”

门外凉风习习，他打了一个冷战。

哪里有人影，他醒了。

母亲在身后叫他：“裕进，裕逵不舒服，大呕吐。”

“啊，我立刻送她到医院。”裕进说。

王应乐慌忙扶妻子上车，裕进飞车进城。

急诊室医生检查过后，诧异地抬起头。

“你们之中无人知这是什么症候？”

“是怎么一回事？”裕进吓得发抖。

“这位女士怀孕已接近十一周。”

裕进一怔，落下泪来，呵，陈家快要四代同堂了。

王应乐扑出去打电话报喜。

裕进、裕逵两姐弟紧紧拥抱。

“王太太，多多休息，吃好一点儿，定期检查。”

王应乐泪盈于睫地回来：“妈妈哭了。”

一行三人喜气洋洋回家去，裕进把车开得很慢。他们兴高采烈地谈着婴儿的未来。

“叫什么名字？”

“念公校还是私校，入大学读什么科目？”

“喂，尚未知是男是女。”

“裕逵一定会亲手带，嘿，读那么多书，结果不过做孩子的妈。”

王应乐刺激过度，忽然泣不成声。

裕进说：“他知道从此要睡书房了，可怜。”

然而，他知道最苦恼的是他自己，至今还孤家寡人。

回到家门，天蒙蒙亮，裕进才想起适才的梦，他不禁前前后后、仔仔细细四周围再找了一遍。

没有，当然什么都没有。

裕逵轻轻问："裕进，你可是不见了什么？"

裕进点点头。

"是重要的东西？"

裕进答："一切已失去，不可以再追。"

裕逵紧紧搂住弟弟的肩膀："不怕，你还有家人。"

裕进微笑："我还添了小外甥。"

陈先生、太太闹哄哄迎出来，坐下与女婿开家庭会议，吩咐裕进冲咖啡。

裕进忽然想与自己的朋友说几句话。

他还记得印子的电话，拨过去，那边只有嘟嘟嘟的信号，一听就知道号码已经取消。

裕进轻轻放下话筒。

是他说不愿再等，他拒绝做一个待女方玩倦回来替她挽鞋的男人。

客厅里都是家人欢笑的声音，他分外寂寞。

他不由再拨另外一个电话。

"东岸天气可好？"

"今日颇冷，只得四摄氏度。"

裕进很感动，情况还不算太坏，现在还有女孩认得他的声音，再过几年，老大之后这种机会就越来越少。

他说："祖琳，我今晚动身回来，有没有空接我飞机？"

"今日你声音伤感，何故？"

"我快要升格做舅舅了，一时感怀。"

"恭喜你，今晚见。"

这次由袁松茂开车送他到飞机场。

"你们家真温暖，又好客，真难得。"

裕进微笑："既然喜欢，多住几天。"

"过几日我又得回去搏杀，不能走开太久，否则位置一下子被人霸占。"松茂说。

"说得怪恐怖。"

"妖兽都市，抢食世界。"

"有没有想过留下来？"

"已经习惯做一头狼，在这里会觉得闷，我又不爱大自然，不比你，抬头看到蓝天白云都那么高兴，我野性难驯。"

裕进开玩笑："对，像你这种人，结局不是喝死，就是吃死。"

"要不，死在艳女身边，哈哈哈哈哈。"

“我到了，你继续努力吧。”

“你找到芳草没有？”

“快了。”

到达另一头，一出去就看见胡祖琳微微笑，气定神闲地向他摆手。

天色已暗，而且下雨，裕进把身上外套罩到祖琳肩上。

“过几天也许就会降雪。”

祖琳开着一辆吉普车，在雨中谨慎驾驶。

裕进发觉她打扮整齐，像是做客人似的。

“有约会？”

“约了你呀。”

“你戴着珍珠耳环。”

她沉默一会儿：“家母今日订婚请客。”

“去了没有？”

“想半天，决定不出席。”

他不假思索：“我陪你去。”

祖琳低头：“谢谢你，裕进。”

“唏。”裕进打蛇随棍上，“男朋友要来干什么？”

祖琳笑了。

这是她的弱点，裕进懂得好好掌握。

“不能空手去，店铺已关门，只有唐人街尚未打烊，我们先到那里去挑选礼物。”

祖琳默默跟在他身后。

裕进拣了两套丝睡袍及两个精致瓷杯，一转身，想到当年陪印子去选她妹妹的生日礼物，都像是前生的事了，旧欢如梦，裕进有片刻失神。

祖琳站在橱窗前看一条鲜红色百子被面，绣花的一百个小孩都梳着冲天辫子多姿多彩地玩耍，可爱到极点，她不由得微笑起来。

“好，走了。”裕进拉起她的手。

到了饭店，宴会已经开始，但立刻有人腾出空位来给他们。

原来祖琳妈的对象是洋人，怪不得祖琳不高兴。

裕进为迟到代祖琳道歉，很舒服地吃了一顿丰富晚餐，散席已近十一时。

祖琳十分沉默，裕进一直握住她的手打气。

稍后她说：“比我想象中好，根本没人注意我，原先还以为有人会在我身上贴‘油瓶’字样。”

裕进大吃一惊：“祖琳，你是一个年轻西医，怎会晓得这种封建歧视的字眼？”

“根深蒂固，无法摆脱。”

“那是指小孩，不是指成年人。”

“裕进，谢谢你。”

他对她有爱意吗，裕进肯定不止一点儿，可是同他第一次爱人不能比。

这次，他是有条件的。有意无意提起：“西医也好，巫医也好，嫁夫随夫，你得跟我回西岸，孝顺公婆。”

“工作归工作，家里要照顾周全，勿叫我与家务助理一起吃饭。”

“赶快生养，陈家最爱孩子。”

祖琳涵养功夫好，不去理睬他，只是微笑。

一次，经过纽约第五街铁芬尼[1]珠宝店，裕进心血来潮，推门进去。

店员过来招呼他：“想看什么，先生？”

“订婚戒指。”

---

[1] 铁芬尼：又译为蒂芙尼（Tiffany），美国珠宝品牌。

“这边，有成套的结婚、订婚指环，请问先生你预算如何？”

“尽力而为。”

“我给你看这枚近两克拉的钻石。”

裕进只望一眼：“小了一点儿。”

“那么，先生，这一枚两克拉六五。”

“这颗很好，她手指是五号。”

裕进掏出支票簿。

就在这个时候，珠宝店贵宾厅门打开，一个美貌女子走出来，吸引了部分客人眼光。

裕进一抬眼，发觉他认识这女子。

正想转过身子，人家先走过来招呼他：“裕进，记得吗？我是印子。”

裕进不得不勉强笑道：“印子，是你。”

她也没有忘记他。

印子衣着时髦而低调，她只穿一套铁灰色外套长裤，当下她仔仔细细看清楚了裕进，握着他双肩摇两摇，并没有立即道别的意思。

她探头看那只指环，而且，把它套到手上，凝视一番。

店员笑了："是送给这位小姐的吧？"

印子却答："不，不是我。"

店员立刻噤声。

"戒指漂亮极了，她会很高兴。"

她脱下指环，着店员放进盒子包好。

裕进把小盒子慎重收好。

裕进发觉印子身边没有大腹贾："一个人？"

她笑吟吟答："别小觑我，买一件半件珠宝，还需要人陪不行。"

裕进只是赔笑。

"我有间公寓在附近，裕进，请来喝杯茶。"

他本来可以说"我约了人""戒指的女主人不允许我那样做"或是"印子，那太危险"，但是印子的魔咒尚有余威，他欠欠身："太荣幸了。"

印子嫣然一笑。

他们走出珠宝店，就转到杜林普大厦[1]，连马路都不必过。

---

[1] 杜林普大厦：又译为特朗普大厦（The Trump World Tower），位于美国纽约曼哈顿区华尔街40号，所有者为现任美国总统唐纳德·特朗普。

裕进问："就这里？"

"是，市中心歇脚处，贪它方便。"印子说。

"你环境真是大好了。"

"托赖，过得去了。"

"听说这类高贵共管公寓入住之前业主团要查身份。"

"是吗？我与唐奴[1]是朋友。"

裕进微笑，呵，已晋身做国际级明星了。

公寓门打开，看到中央公园全景，地方不大，但已十分舒适。

印子一进屋，五官渐渐挂下来。

"裕进，你要结婚了？"语气凄凉。

裕进轻轻说："有这个打算。"

"是位什么样的小姐？"

"读书人。"

他取出皮夹内小照让印子看。

印子惘惘地凝视相中人，照片虽然小，拍得并不好，也看得出那是一个极其清秀的女子。

---

[1] 唐奴：又译为唐纳德（Donald），此处即指唐纳德·特朗普。

印子沮丧地说："与你真是一对。"

"谢谢，她未必答应嫁我呢。"

"什么，不嫁陈裕进？"

裕进微笑："你也没嫁我。"

"我配不上你。"

"对，甩掉我还是因为我太好的缘故。"

"都是真的。"

印子伸手抚摸裕进的脸。

"我的咖啡呢？"

印子到厨房去。

裕进参观她的睡房，真没想到会那样简单，只有一张白色的床及一个米奇老鼠闹钟。

刘印子返璞归真了。

另一个房间是书房。裕进一眼就看见一具小型天文望远镜，咦，好眼熟，这真是别出心裁的摆设。

然后，电光石火之间，他想起来，这不是当年他送给她的礼物吗。原来她尚知珍惜，全世界带着走。

裕进低下头，人就在身边，可是咫尺天涯，相遇也不再相识，他们都变了。

他站在书房门口，像是在哀悼什么。

然后，他清醒过来，帮印子搬出茶点。

她坐下来，他看到纤细的足踝上有一个囍字。

“外国人看得懂吗？”

印子扑哧地笑起来：“她们也学着在身上写中文字，有一个金发女郎，在臂上文了一个鸡字。”

裕进差点儿连茶也喷了出来。

“裕进，生活好吗？”

两个人都在笑，但不知怎的，心底却都想流泪。

“好，裕逵快做妈妈。”

“我听你祖母说过。”

“对，谢谢你时时去探访他们。”

“最危难的时候，他们收容过我，感恩不尽。”印子说。

“但是很多人情愿忘记，世界就是那么奇怪，一家畅销杂志三十周年纪念，宴会中请来和尚、请来歌星，却不见历任编辑及写作人，女明星在外国结婚，关上大门，把捧红她的记者当仇人……”裕进说。

印子答：“我不是忘恩的人。”

“万幸。”

“不过，我结婚时才不请你。”

裕进说：“我结婚也不请你。”

两个人都笑了，几乎没落下泪来。

“来，我们到街上走走。”

两人像老友那样守礼，到中央公园附近散步。

肚饿，在街边买了热狗，依偎着吃了。

“到纽约来特地买戒指？”

也许是故意路过，但裕进自己也答不上来。

“有些女孩子生来幸运，在温暖家庭成长、父母疼爱、学业有成，稍后，又嫁到体贴、忠诚、能干的丈夫。”

“哪里有你说的那么好。”

“而我，注定一世漂泊浪荡江湖。”

“一世十分遥远，言之过早。”

“裕进，我得走了，我这次来是拍外景，得去归队。”

“印子——”

两人在街上紧紧拥抱。

然后，他们微笑道别，在自然历史博物馆门口分手。

一转背，印子就默默流泪，她自己也不明所以然，今日的她身上动辄戴着百万美元首饰，全球名城都有产业，家人生活高枕无忧，还为何流泪。

灵魂深处，她知道，那都是用她最珍惜最宝贵的一样东西换来，心内揪动地痛。

伍·印度墨

看，反正来这世界一场，好歹都得做人，何不皆大欢喜，为什么要与制度或人情世故作对呢。

她约了人，但不是电影外景队。

一辆黑色大房车在华道夫酒店[1]门口等她。

看见她出现，立刻有一个中年男子下车迎过来。

“急得我，你迟了个多小时。”

印子答：“对不起，我迷路。”

“我只是担心，叫我等，没关系。”

那男子气宇不凡，与洪钜坤不相伯仲，可是更年轻一点儿。

印子挽住他手臂。

“看中什么首饰？”

---

[1] 华道夫酒店：又译为华尔道夫酒店（Waldorf Astoria Hotel）。

“都很普通。”

“那么，到哈利·温斯顿[1]去。”

声音宠爱得几乎软弱。

“改天吧。”

对方很满足：“你什么都不要，几乎哀求才愿收下礼物。”

印子答：“我已经什么都有。”

“很多人不明白，以为我俩关系建筑在金钱上。”

印子想一想：“也许，是我欲擒故纵。”

那男子却说：“我一早已经投降，你大获全胜。”

“我们是在打仗吗？”

他诚惶诚恐：“当然不，当然不。”

印子嫣然一笑。

日子久了，印子已成精，完全知道该用哪一个角度，在适当时刻，对牢对方，展露她的风情，对人，像对摄影机一样，一视同仁。

她天生有观众缘，人越多，她的魅力发挥得越是彻底，像那种在晚上才发出浓郁奇香的花朵，叫人迷醉。

---

[1] 哈利·温斯顿：指哈利·温斯顿钻石公司（Harry Winston Diamond Corp.），美国顶级珠宝品牌公司。

那男人在他行业里，想必是个举足轻重的人物，一定拥有许多跟班伙计，看他面色办事，但是现在，他不折不扣，是个观音兵[1]。

“印子，先吃饭，然后再去看新屋。”

“我吃不下。”刚才的热狗还在胃里。

“那么，喝杯茶。”

他一直哄撮着她，把她当小女孩似的。

那一头，裕进乘火车返回宿舍。

火车居然仍叫火车，其实火车头一早已经取消，没有火、无烟，也不用煤，全部用电发动，但是裕进一直记得幼时与裕逵及祖父母扮火车呜呜作声的游戏。

那样好时光也会过去，今日的他已经老大。

他独自坐在车厢里，一言不发，沉思。

对面坐着一个红发女郎，正在读一本叫《夜猫》的奇情小说，津津有味，不愿抬起头来。

即使是从前，裕进也不会随便同人搭讪，他不由得想起袁松茂，阿茂不会放过任何机会，但是他至今仍然独身。

---

[1] 观音兵：广东俗语，指被女生差来遣去的男生，或心甘情愿围着女人转的男人。

裕进合上眼，睡着了。

到站睁开双眼，红发女郎已经不在。

这是人生缩影：相逢、分手，然后，一切像没有发生过似的，各走各路。

第二天，天气忽然转冷，降霜，裕进穿上长大衣。

他照规矩先去找胡教授。

“教授，我打算稍后向祖琳求婚，盼望得到你的同意及祝福。”

胡教授笑得合不拢嘴：“裕进，做你岳父是我荣幸。”

“我这就去见祖琳。”

“祝你幸运。”

裕进在医学院门口等祖琳。

半晌，意中人出来了，他叫她，她转过头来，素净纯真的小脸叫人怜爱，他绝对愿意陪伴她一生。

“祖琳，我有话说。”

“一小时后我有课。”

“一定准时送你回来。”

他载她到附近公园，拿出野餐篮子，挑一张长凳坐下，打开篮子，斟出香槟。

祖琳笑：“这是干什么？”

裕进也微笑，祖琳注意到他的笑容看上去有点儿傻气，只见他放下酒杯，取出蓝色小盒子，轻轻说：“请答应与我共度余生。”

祖琳像所有的女性一样，自十一二岁起就不住想象将来什么人会来向她求婚。

今日，这一幕实现了。

陈裕进除出略嫌天真，什么都好。

裕进最大的资产是拥有一个温暖的家，媳妇可自由自在休憩，得到照顾。

祖琳伸手去摸他面颊。

他握住她的手，轻轻取出指环，套上她左手无名指。

“说好。”他轻轻央求。

“好。”她紧紧握住他双手。

“干杯。”

祖琳把香槟喝净：“我得通知父亲。”

“我已事先知会过教授。”

对于他的尊重，祖琳有点儿感动。

“那么，你的家人呢？”

“我会告诉他们。”

“我有一个要求。”

“请说。”裕进一直把她的手放在脸旁。

“婚礼越简单越好。”

“百分百赞成。”

一小时后，回到课室，胡祖琳已是陈裕进的未婚妻。

女同事都凑热闹过来看订婚指环，钻石一闪，裕进想起印子把它套上手指试戴的情景来。

她是故意的吧，先把戒指戴一戴，才还给他。

——是她不要，才轮到其他人。

喜讯宣布后祖母最高兴：“到太婆婆家来度蜜月。”

裕进笑问：“有什么好处？”

“有一块碧绿翡翠等着她。”

“唏，祖琳是西医，才不稀罕珠翠。”

祖琳在一边听见，连忙分辩：“噢，西医也是人，我才喜欢呢。”

大家都大笑。

祖母在电话那一头也听见了：“你看，裕进，每一个人都那么开心。”

这是真的。

陈太太头一个松口气，经过那么多灾劫，总算有人接收了这个蠢钝儿，而且是资质那样优秀的一个女生，真值得庆幸。

一家都把最好的拿出来奉献给这对新人，祖琳看到那般无私的爱，十分感动。

陈家上下忽然把私隐朝祖琳申诉。

“祖琳，我身上这些痣是否良性？”

“祖琳……不畅通，如何是好？”

“裕逵那个妇产科医生，是否可靠？”

祖琳愿意替他们做全身检查。

他们在初冬注册结婚。

仪式简单到极点，光是签个名字，交换指环。

可是事前也有一番争论。

裕进说：“为什么不邀请你母亲？”

“她会带那个外国人来。”

“可以向她说清楚。”

“这是我的决定，我觉得无须知会她，也不必替其他家长增加麻烦：‘这是我母亲，这是她现在的丈夫……’”

裕进不出声。

“你明白吗？”

“我不明白，但是我尊重你的意愿。”

“我不想你家人对我有坏印象。”祖琳说。

裕进：“他们爱你，包容一切。”

“我不要她来。”祖琳无比固执。

“好，好，一切由你决定。”

祖琳觉得遗憾，但是，世上不如意事多多，无可避免。

注册那天，祖琳抬头，看到她母亲独自出现，打扮得十分得体，站在她父亲身边，只是微笑，一句话都不说。

这时，祖琳又庆幸人都到齐了。

“是你叫她来？”

她轻轻问裕进。

“不，不，不关我事。”裕进佯装害怕。

“是谁？”

祖琳不禁疑惑。

教授走过来说：“是我。”

他不想女儿日后遗憾。

祖琳紧紧拥抱父亲。

在注册处楼下对面马路，还有一个不速之客。

她坐在白色欧洲跑车里，静静凝视门口。

助手阿芝在她身边。

终于忍不住，阿芝轻轻问："赶得像蓬头鬼一样，老远跑来波士顿大学区，找到这幢政府大楼，已在门口等了半小时，做什么？"

没有回答。

阿芝咕哝："你越来越怪了，心理医生怎么说？叫你打开心扉……"

忽然之间，大厦门口出现一大群人，阿芝"噢"一声，她明白了，站在当中，被众人簇拥着的，不正是陈裕进吗？原来如此。

这分明是一场婚礼，新娘子穿乳白色套装，头上戴一只小小头箍，轻巧的网纱罩住额头及眼睛，可是光看脸胚下截，都觉得十分纤瘦。

他们站在门口拍照片。

新娘体态修长，因为身段不显，才分外高贵。

谁也没发觉对面街的观光客。

阿芝说："陈裕进一点儿也没有老。"

仍然听不到回音。

阿芝叹口气："到今日还看不开？"

印子这才开口："那新娘明明该是我。"

"你肯吗？是你自己弃权。"

"他不愿再等我。"

"明智决定，叫人等到几时去，八十岁？"

"阿芝，当心我开除你。"

阿芝不在乎："咄，东家不做做西家，我是你益友，叫我走，是你的损失。"

印子目光呆滞，渐渐泛起一层泪膜，终于落下泪来。

"唉，得不到的始终是最好的。"

众人欢天喜地拍完照，高高兴兴上车走了。

"喂，冷得要命，可以回头了吗？"阿芝说。

印子开动引擎。

"你怎么知道今日他结婚？"

"他写信告诉我。"

阿芝不置信："你们仍有通信？"

印子答："他说明是最后一封，婚后他需忠于妻子。"

连阿芝都说："这人，有点儿意思。"

“我不该放他走。”

“时光回头，印子，你会做出同样的选择，别难过了，荷里活有好角色等着你。”

“我累了。”

“你才不，别使小性子，这种机会千载难逢。”

印子喃喃说：“我像一个外星人，不幸流落在地球上，格格不入，好不容易适应下来，也学着谈恋爱，亦做事业，但午夜梦回，一直戚戚然郁闷不已。”

阿芝微笑：“你一向喜欢看科幻小说。”

“最近我时时用他送我的天文望远镜望向苍穹，希望我父母、我族人前来接我回去，我不属于这里。”

印子声音中无限荒凉。

阿芝有点儿恻然：“于医生怎么说？”

“他说我内心寂寞。”

“同行家出去玩玩嘛。”

“我不喜欢那票人。”

“我们现在又去哪里？”

“到巴黎去疯狂购物。”

“谁付账？”

“自然有人，你同我放心。”

阿芝以为已经支开话题，可是那一晚回到纽约，深夜，起来取水喝，看到印子聚精会神用印度墨在自己手臂上画蔓藤花纹。

阿芝轻轻问：“还没睡？”

印子抬起头来。

阿芝说：“郭先生打了好几次电话来找你，回复了没有？”

印子忽然伸手，“啪”一声关掉灯。

阿芝只得噤声。

第二年春天，裕逵诞下女婴。

上午还好好地做家务，傍晚进了医院，凌晨三时就生了，十分顺利。

陈太太接到消息惺忪地说：“我马上来。”

裕逵亲自在电话里说：“妈，明早来未迟，应乐陪我即可，孩子重九磅，大块头，十分可爱。”

陈太太醒了，四处打电话报喜。

她告诉裕进：“你负责通知太婆。”

裕进找到祖母：“太婆，裕逵生了个女孩。”

“这个年头，男女一样了。”

裕进感喟：“不，女性比我们能干得多。”

祖母笑：“看样子我们真的要乘长途飞机来看婴儿了。”

“祖母，”裕进忽然问，“她还有没有来看你？”

“她？”祖母一怔，“呵，她，是，她。”

裕进追问：“还有来吗？”

“人是许久不见了，忙，常常在外国，可是每逢过节，总着人送礼物来，农历年搬来两盆牡丹花，我一把年纪也是第一次知道牡丹原来香气扑鼻。”

裕进默然。

“裕进，你已经结婚，心中不应还有别人。”

“是，祖母，你说得对。”

“生活好吗？”

“十分踏实。”

“祖琳人品学问相貌都一流，好好珍惜。”

“她也有脾气。”

“那当然，”祖母笑，“到底也是血肉之躯。”

裕进也笑了。

假期，他陪祖琳探访婴儿。

那幼儿与她母亲般好性子，天生乖巧懂事。

吃饱了躺在小床里，一声不响。

大人探头与她打招呼，她会笑，嘤咛作声。

那么讨人喜欢。

裕进忽有顿悟，看，反正来这世界一场，好歹都得做人，何不皆大欢喜，为什么要与制度或人情世故作对呢。

这小小孩儿比他还明白做人的道理。

他轻轻抱起她。

“舅舅，叫我舅舅。”

“小小毛毛头忽然吐奶。”

裕进怪叫。

大家都笑起来。